MARCAS Y MOÑOS

VAQUEROS DEL RANCHO LENOX - 4

VANESSA VALE

¡RECIBE UN LIBRO GRATIS!

Únete a mi lista de correo electrónico para ser el primero en saber de las nuevas publicaciones, libros gratis, precios especiales y otros premios de la autora.

http://vanessavaleauthor.com/v/ed

*M*ARGARITA

TENÍA FRÍO. Terriblemente. Nunca había tenido tanto frío en mi vida. Si sobrevivía a esto, pondría una estufa en cada habitación de mi casa, usaría medias de lana incluso en el verano. Hacía mucho que había perdido la sensibilidad en los dedos de las manos y de los pies, y el vestido y el abrigo empezaban a ponerse rígidos y a congelarse. Me arrastré a través de la tierra cubierta de nieve, avanzando tan sólo unos pocos pies de la orilla del río.

Al principio, la conmoción del agua me había sacado el aire de los pulmones, pero también me estimuló a salir de ahí. Era demasiado tarde. Estaba mojada de pies a cabeza. Mi caballo que me había arrojado estaba plácidamente parado junto a la orilla, con su nariz cálida acariciándome. Mis dientes chirriaron ruidosamente, de lo contrario habría regañado al animal por ser tan asustadizo y sacarme de la silla. No estaba segura de qué había causado que el animal se alzara. Ya no importaba, porque no había nadie cerca. La pradera era abierta con pequeñas elevaciones, kilómetros y kilómetros de tierra abierta en todas las direcciones, las montañas altas hacia el oeste. No tenía ropa seca. Ni mantas. Me había comido mi bocadillo de pan y queso una hora antes.

Mi plan había sido seguir al Doctor James para ver adónde iba varias veces por semana. El hombre se había convertido en mi obsesión y su ausencia en el pueblo y la falta de chismes sobre él me había dado curiosidad. Una de mis madres adoptivas, la Srta. Esther, sabía de la uña encarnada del pie del Sr. Peters, del difícil parto al revés de la Sra. Ray, de las anginas de Bobby Cuthbert y de la varicela de los gemelos Maxwell. No sabía nada de las salidas del Doctor James y eso significaba que el hombre las tenía muy bien escondidas.

Como algunas personas, no me importaban los chismes o las dolencias de la gente del pueblo. Me importaba lo que hacía el Doctor James y que nadie sabía. La razón estaba clara y la admitía; estaba obsesionada con el hombre.

Traté de exprimir el exceso de agua del dobladillo de mi vestido, pero mis dedos no podían moverse. Eso me hizo pensar en la primera vez que vi al Doctor James, cuando comenzó mi obsesión con él. Fue uno de esos últimos días de otoño que estaba sorprendentemente cálido, el verano no estaba dispuesto a ceder, cuando un indio llamado Oso Rojo cayó enfermo frente a mí en la mercantil. Había venido a la ciudad para intercambiar cuero de búfalo, lana y pieles. Aunque el Sr. Crane se había preocupado por el hombre y había enviado a su hijo a ver al doctor James, algunos de los otros clientes no tenían tanta estima por los indios.

Después de pedirle una toalla húmeda y una taza de agua al Sr. Crane, me arrodillé ante el hombre que parecía estar acalorado. Envolví la toalla fría alrededor de su cuello y esperé a que llegara el Dr. James. Nunca antes había conocido al nuevo doctor, sólo había oído hablar de él por medio de la Srta. Esther, que sabía de todo y de todos alrededor de unas cincuenta millas. Mi hermana casada, Rosa, estaba a mitad de su primer embarazo y había ido a verlo en varias ocasiones. Su esposo, Chance, era demasiado protector y la llevó a la ciudad una mañana temprano por lo que había sido una indigestión, así que desvió su vergüenza de una preocupación infundada para compartir con nosotras las Lenox solteras —todavía éramos cinco—sobre lo guapo que era el hombre.

Según lo que dijo Rosa, esperaba que fuera atractivo cuando entró rápidamente en la mercantil, pero aun así fue una gran sorpresa cuando se arrodilló al lado de mí. Su físico impresionante estaba claramente definido bajo su traje ajustado. Sus pantalones se habían estirado sobre los músculos de los muslos y su cabello oscuro estaba cortado prolijamente y con precisión.

Fueron sus manos las que más me atrajeron. Sí, sus *manos*. Eran grandes, quizás el doble de grandes que las mías, con dedos largos y rotos. Pelo oscuro llenaba la parte posterior y su piel estaba bronceada por el continuo sol del verano. Quizás no usaba esas manos increíbles de ninguna manera con Oso Rojo, pero mientras evaluaba y atendía al indio, consideré cómo se sentirían sobre mi piel. ¿Habría callos duros allí? ¿Su agarre sería firme o suave? ¿Cómo me tocaría? ¿*Dónde*?

Me había lamido los labios al pensar en el hombre atendiéndome de una manera tan clínica y directa. El hombre consintió. No se asustó y tomó la taza de agua que le dio el Sr. Crane con mucho gusto. Las señoras que se preocupaban por el colapso de un indio en medio de ellas se calmaron fácilmente con la franqueza del doctor. Me sentí aliviada al ver que no tenía problemas para ayudar al hombre y mi estima por él se incrementó.

Él ni siquiera había sudado en ese día cálido, a diferencia de mí. Me había sobrecalentado y me había puesto sorprendentemente húmeda entre mis piernas.

Oso Rojo se recuperó rápidamente después de beber hasta saciarse.

"Lo que hacía falta era una toalla fría y una taza de agua, Sr. Crane", dijo el Doctor James al dueño de la tienda. "Puede que tenga que contratarlo como mi asistente".

El hombre mayor llevaba una pequeña bolsa de

harina bajo su brazo. "El crédito es de la Srta. Lenox. Ella es la que pensó rápido".

Sabía qué hacer porque esto había ocurrido en ocasiones en el rancho. Había leído en un libro sobre la toalla fría alrededor del cuello, que ayuda a bajar la temperatura corporal de la persona, y parecía haber sido beneficioso para Oso Rojo.

El doctor James se aseguró de que el hombre tomara otro vaso de agua y que estuviera recuperándose bien, sentado en un rincón de la tienda bajo sombra. Recogió su maletín de doctor y luego se volvió hacia mí. Sus ojos oscuros miraron a los míos antes de que recorrer mi rostro y mi cuerpo, haciendo que mi corazón se detuviera. Mis manos comenzaron a sudar y me costaba mucho respirar. Tal vez yo sería la próxima en desmayarme. Nunca había tenido esta...esta reacción visceral hacia un hombre antes. Jacinta y Rosa me lo habían contado, pero yo había puesto los ojos en blanco y me había burlado de su ridiculez. Claramente estaba equivocada.

"Bien hecho, Srta. Lenox".

Mis mejillas se calentaron ardientemente y como estaba demasiado nerviosa para hablar, solo asentí.

Me ofreció una última mirada y se puso el sombrero sobre su cabeza, inclinándolo con un dedo a manera de despedida. "Señoras", ofreció a las mujeres mayores que habían estado observando la recuperación. Su mirada regresó a la mía en un último momento, la sostuvo justo mientras yo contenía la respiración. "Srta. Lenox". Se dio vuelta y se marchó tan rápido como había llegado.

Mientras la gente del pueblo se ocupaba de sus asuntos, yo miraba al doctor retirándose a través de la ventana de la tienda. La sensación más deliciosa se había apoderado de mí, como si me hubiera bebido una botella entera de vino de arándanos de la Srta. Trudy. Su voz, su mirada, cuando se dirigió a mí, había sido muy potente.

"El Doctor James es bastante misterioso", murmuró una mujer a otra.

"Sí, he oído que es del sur y su acento lo certifica". Tomó un frasco de vidrio y estudió los encurtidos de pepino. "¿Crees que los pepinillos caseros de la Sra. Atterbury estén igual de buenos este año?"

No me importaba hablar de pepinillos. Estaba frustrada, quería escuchar todos los chismes sobre el Dr. James. Me había movido hacia los vestidos prefabricados, bien doblados sobre una mesa.

"Creo que es de Georgia".

Georgia. No había podido imaginar al Doctor James siendo tan gentil como lo que había escuchado de los que eran de ese estado. Su voz sonó profunda y clara, pero la mantuvo baja constantemente cuando interrogó a Oso Rojo, las letras que salían de su lengua sonaron de una manera que coincidían con su actitud tranquila.

"No lo he necesitado todavía, pero se ocupó del resfriado de verano de mi sobrino". Una mujer tomó un trozo de tela de algodón, la estudió y luego la devolvió a la mesa.

La otra se acercó más. "Es un hombre atractivo. *Soltero*". Pronunció lo último como si él fuera de la realeza en vez de tan solo un soltero. "¿Quizás tu Amanda debería estar considerándolo?"

Conocía a la hija de la mujer. Aunque era lo suficientemente amable, era demasiado suave para adaptarse al nuevo doctor. Él necesitaba a alguien con una inteligencia aguda, un comportamiento elegante y un rostro agradable. Me necesitaba...a mí.

"Tal vez, pero me preocupa que ella esté en peligro si él se asocia con los indios". Susurró lo último mientras miraba hacia donde el Sr. Crane estaba hablando con Oso Rojo. "Debería invitarlo a cenar el domingo y conocer más", dijo ella. Levantó la barbilla, decidida. "Simplemente es apropiado darle la bienvenida a la zona".

Un hombre nuevo en la ciudad estaba abierto a charlas ociosas, especulaciones y mucho entusiasmo entre las mujeres—especialmente las madres de una hija soltera—pues era difícil encontrar uno que valiera la pena en el Territorio de Montana. Un doctor era un buen partido, pero fraternizar con los indios era algo que algunos desaprobaban.

Las damas habían parloteado como dos pájaros, quizás ya visualizando el matrimonio en el horizonte.

Puse el vestido que había estado fingiendo admirar de vuelta en la mesa y fui a buscar mi propia cesta en el mostrador. Si iba a llamar la atención del doctor James, si quería volver a sentirme así, tenía que actuar rápido. Era sólo cuestión de tiempo antes que una de esas mujeres le pusiera las garras encima al pobre hombre y lo arrastrara al altar para que se parara junto a su hija.

Como el Doctor James era nuevo en la ciudad y no era consciente de la ferocidad de las intenciones de estas mujeres, me correspondía a mí protegerlo de semejante atrocidad.

———

No podría sobrevivir en este clima empapado por demasiado tiempo. El río estaba helado incluso en verano por la nieve derretida en las montañas, pero como era diciembre, tenía que estar justo por encima del punto de congelación. El vapor salía del agua, indicando que estaba más caliente que el aire. *Piensa en la supervivencia, no en los hechos científicos.*

Desafortunadamente, lo más probable es que muriera aquí porque mantuve en secreto mi interés en el Doctor James. En los dos meses transcurridos desde el incidente en la mercantil, lo observé tan atentamente como pude—era difícil con cuatro hermanas y dos madres en casa para que cualquier rutina nueva o interés pasara desapercibido.

Al mismo tiempo, con tantas personas en la casa, era muy fácil pasar por alto, especialmente porque me encantaba sentarme tranquilamente y enterrar mi nariz en un libro. Con todas las tareas que venían con el manejo de una casa tan grande, era difícil tener algo más que un puñado de atención. Dalia se había quedado con la mayoría de esta porque era un poco salvaje y abierta. Éramos unidas, pasábamos la mayor parte del tiempo juntas, y yo había podido recibir al menos parte de esa atención. Pero Dalia se había casado con Garrison Lee y había un vacío notable que sentía profundamente. Tuve mucho tiempo para leer y pensar en las manos del Dr. James... y otras partes igualmente atractivas.

Y eso me hizo tomar algunas decisiones precipitadas, como seguir al hombre a... algún lugar. Me quejé por el dolor en los dedos.

¡Piensa!

Podía quitarle la silla de montar al caballo y usar la manta de abajo, pero sin refugio y sin ropa seca, eso no ayudaría mucho. No podía quedarme aquí. Tenía que montar el caballo y cabalgar, esperando poder sobrevivir la distancia hasta casa. Me tomaría más de una hora y ciertamente no tenía tanto tiempo. Miré en la otra dirección mientras mi cuerpo temblaba. ¿Estaba cerca el Doctor James? Si continuaba hacia el oeste, ¿me encontraría con él más rápido en lugar de si regresaba a casa? Seguramente estaba visitando a un paciente y eso significaba refugio. Calor. Seguridad.

Me tropecé hacia el caballo y tomé las riendas. De alguna manera, fui capaz de subirme a la silla de montar, pero ya no podía permanecer erguida. Me apoyé en el cuello del caballo y se sentía cálido debajo de mi mejilla congelada. Apretando mis muslos, insté al caballo a que se moviera. Estaba agradecida de que era todo lo que hiciera falta, porque ya no me quedaban fuerzas. Nos enfrentamos al sol poniéndose y a las montañas y tan solo tenía que esperar que el Doctor James, alguien— ¡cualquiera!—estuviera cerca.

MI MENTE SE DESVIÓ, los pensamientos llegaron a mi cabeza y desaparecieron. Sabía que esto era un signo de hipotermia. Intenté mover los dedos de las manos y de los pies, pero me dolían demasiado. Pensé en el bebé de Rosa, a quien probablemente nunca vería. En el de Jacinta también. Pensé en el viaje a la ciudad cuando el Doctor James confirmó las sospechas de Jacinta. Yo había ido con ellos. Sólo habían pasado unas semanas. Los pasos del caballo hicieron que mis pensamientos se desviaran a esa ocasión.

Jackson había parado la carreta frente a la casa del Doctor James. La puerta de su residencia estaba al frente, pero había una entrada lateral que conducía a dos habitaciones que utilizaba para su consulta. Había entrado una o dos veces cuando era niña visitando al doctor anterior, una vez cuando me rompí el brazo— Dalia me había empujado por las escaleras traseras—y en otra ocasión cuando tres de nosotras bebimos sidra de manzana en mal estado en el festival de otoño.

El Doctor Monroe me había animado prestándome sus revistas médicas. Eran demasiado complicadas para mí siendo una niña, pero el hombre mayor había visto mi afán por las ciencias y continuó compartiendo hasta que se retiró y se mudó. Desde entonces, ordenaba revistas científicas y libros sobre temas inusuales y variados en la mercantil; sin embargo, no tenía a nadie con quien compartir mis aprendizajes.

Me había familiarizado con las miradas glaseadas y vagas que mi familia me daba cuando compartía con ellos un fragmento de mis lecturas y, aunque no era intencional, me dolía. Veía como todo el mundo deliraba por los tejidos de Jacinta o las obras de arte de Caléndula. Pero lo que descubría en los libros no era considerado demasiado interesante para ellas, así que dejé de compartir. Eso no significaba que dejara de leer más, pero lo guardaba para mí. Debido a este aprendizaje, ahora mientras temblaba incontrolablemente, sabía que era el último intento de mi cuerpo de mantener el calor. Mis pensamientos perezosos y cambiantes iban del pasado al presente y luego de vuelta. Era como estar soñando, pero definitivamente estaba despierta. Si me dormía, no me dolería tanto. Mis pensamientos se dispersaron de nuevo.

Cuando viajé con Jacinta y Jackson al doctor ese día, había hielo en el suelo y hacía mucho frío. Jackson nos había dado mantas a Jacinta y a mí para el viaje, pero eso no hizo mucho para mantenerme caliente, porque en mi apuro había olvidado mi sombrero. Mis mejillas ardían y las puntas de mis orejas estaban entumecidas. El Doctor James abrió la puerta al llamado de Jackson.

Asintiendo, retrocedió y nos dejó entrar. "Sr. y Sra. Reed, Srta. Lenox".

Llevaba un traje negro con una camisa blanca impecable. La delgada corbata oscura que llevaba lo hacía parecer rígido y formal. Había una estufa en la esquina que mantenía la habitación bastante caliente. Me quité los guantes mientras miraba al Doctor James fijamente.

"Me disculpo por cancelar ayer", les dijo a Jackson y Jacinta. "Tuve un paciente enfermo fuera de la ciudad".

"Entendemos", dijo Jackson, luego giró la cabeza para darme una mirada intencionada.

"Ah, sí". Era hora de irme. Saqué la lista de suministros del bolsillo de mi abrigo y la levanté. "Cogeré la cesta e iré a llenar esto. ¿Será suficiente una hora?" Dirigí la pregunta al Doctor James. Asintió una vez y extendió su mano hacia la puerta interior para que Jacinta y Jackson procedieran a su visita.

"Suficiente", dijo el doctor James mientras mi hermana y mi cuñado nos dejaban solos en la habitación. Su respuesta de una sola palabra era lo que esperaba. Quería escuchar su acento único y conocer sus pensamientos. Algo... algo sobre el hombre.

Me aclaré la garganta y respiré profundo, con la esperanza de calmar mi corazón acelerado. Había anhelado que estuviéramos juntos así, solos, pero con él frente a mí, alto y casi con actitud severa, no supe qué decir. "Soy tuya" no funcionaría. Hablar del clima era un tema demasiado benigno para alguien como él. "Yo...he leído que la reacción alérgica a una picadura de abeja es similar a los que tienen la misma reacción al comer fresas".

El Doctor James arqueó una ceja oscura. En lugar de poner los ojos en blanco como hacia Dalia a menudo, o de ofrecerme una sonrisa que indicaba que me estaban tomando el pelo como si fuera una niña, se dio un golpecito en su labio inferior con el dedo.

"¿De verdad? Entonces es mejor que no sólo no haya abejas en esta época del año, sino que las fresas no estén en temporada. Aquellos que sean presa tienen un respiro".

"De verdad", le contesté.

Gemí internamente. Era una completa imbécil. ¿Por qué querría un doctor aprender algo sobre medicina de una simple chica del territorio? Seguramente Amanda habría dicho algo ingenioso, gracioso y que la hiciera parecer aún más atractiva para el hombre. Me aproximé como una sabionda ridícula. Ruborizada, giré sobre mi talón y abrí la puerta exterior para ir a hacer mis recados. Tal vez entonces se me ocurra algo ingenioso que comentar. El aire frío revoloteó.

"Srta. Lenox".

Me giré ante la voz oscura y lo miré, cerrando la puerta con mi hombro. Con suerte, no vio el afán que traté de ocultar.

"Lees mucho", comentó.

Le ofrecí una pequeña sonrisa. "Me gusta la ciencia".

"¿Tienes libros sobre el tema?" Su voz no tenía un tono burlón y parecía genuinamente interesado.

"El Sr. Crane los ordena para mí y son enviados desde Denver. Espero tener uno nuevo hoy".

"¿Sobre qué tema?"

Me mordí el labio, con miedo de decirlo. "Los patrones migratorios de las aves acuáticas de Nueva Inglaterra".

La frente oscura se levantó de nuevo y podría jurar que vi la comisura de su boca levantarse. "Ya veo".

Cuando no dijo nada más, abrí la puerta de nuevo. Claramente no estaba interesado.

"Te olvidaste de usar tu sombrero", comentó, sus palabras me detuvieron. "El invierno llega temprano en esta área, por lo que he aprendido. Hace demasiado frío para salir sin uno".

Asentí tontamente con la cabeza.

"Tal vez te gustaría escoger un libro de mi colección la próxima vez que vengas a la ciudad... si usas tu sombrero".

Sólo pude asentir. "¿Quizás te gustaría leer mi nuevo libro cuando haya terminado?"

"Podría leerlo. Muchas de esas aves de Nueva Inglaterra emigran a Georgia, de donde soy". Asintió. "Buen día, Srta. Lenox".

Mi boca se abrió y me quedé enraizada en el lugar mientras él me dejaba para encontrarse con Jacinta y Jackson, la puerta interior cerrándose detrás de él. Aunque debería haberme sentido castigada por sus palabras en cuanto a mi falta de ropa para el exterior, sentí algo completamente distinto. Fue la sensación cálida y suave que tuve cuando me hizo un cumplido en la mercantil durante el verano.

No pude evitar la sonrisa que se extendió por mi rostro y salí corriendo a llenar la lista. El Doctor James parecía ser una de las pocas personas genuinamente interesadas en el hecho de que me encantaba leer y en los temas inusuales. Sólo pareció ligeramente sorprendido, pero no se burló de mí porque me gustara leer. De hecho, se ofreció a prestarme uno de sus libros. Fue esta atención lo que me hizo sentir... especial. La felicidad me llenó y me mantuvo caliente de una manera que un sombrero no podía hacer.

Caliente...

Mis pensamientos volvieron a mi situación actual. El caballo siguió avanzando hacia adelante, paso a paso. Parecía saber adónde iba. Debería tan solo dormir, entonces todo estaría mejor. Ya no tendría frío. Ya no me sentiría entumecida. La picadura dolorosa del frío había desaparecido. Podría seguir soñando con el Doctor James, escuchar su voz, imaginarme el tacto de sus manos. El caballo relinchó, luego se tranquilizó. Mis manos cayeron de las riendas. Las había soltado y no lo había sentido. Podía simplemente dejarlo ir ahora.

Dormir. Tan solo dormiría durante un minuto.

2

$\mathcal{E}$THAN

LA FIEBRE que se había propagado por el grupo parecía haber desaparecido. La mujer mayor que tenía delante de mí estaba descansando tranquilamente ahora, cómodamente sentada en una cama de pieles. Su hija y su nieta la atenderían ahora. Me volví y asentí y tomaron mi lugar en silencio. Una tenía una taza de madera de caldo caliente para que la mujer lo bebiera. Mientras empujaba la solapa hacia atrás y salía de la tienda, me puse de pie una vez más a mi altura completa e inhalé un poco del aire frío. A pesar de que había ventilación adentro, el interior de la casa del indio estaba llena de humo. Estiré la espalda y giré mi cuello mientras me adentraba en el paisaje nevado.

El Territorio de Montana estaba muy lejos de parecerse a los paisajes llanos y llenos de árboles a los que estaba acostumbrado. Sin embargo, hubo similitudes en la confusión y el abatimiento que se han encontrado en Decatur, Georgia, en los últimos veinte años. La Guerra entre los Estados había destruido no sólo la tierra, sino también a la gente. Los malabaristas del Norte eran despiadados con los oprimidos, los lisiados, los pobres. En estas áreas, muy lejos de Georgia, había otro tipo de guerra en la que la gente era expulsada de sus tierras por agresores severos. En este caso, al enemigo se le llamaba indio. Lo que los blancos estaban haciendo a la gente que realmente pertenecía a la tierra era algo que yo no podía tolerar, no podía sancionar. Pensé que había escapado del mal, pero rápidamente entendí que este estaba en todas partes. Nada cambiaba. La gente no cambiaba y por eso, yo tampoco.

Yo continuaría ayudando a los necesitados, sin importar el color de la piel, las líneas estatales o la política. Esta postura no era un buen presagio para mi trabajo como médico de la ciudad, así que mantenía en secreto mis visitas a la aldea indígena cercana.

El sol se deslizó hacia bajo en el horizonte, los días eran cortos en el norte en esta época del año. Aunque el cielo todavía estaba casi despejado, el jefe me había dicho que el clima iba a cambiar rápidamente. Su advertencia me dio tiempo suficiente para volver a la ciudad antes del turno. Si esto era lo mejor que podía estar, entonces quería estar a salvo en casa antes de que empeorara.

Georgia tenía inviernos suaves y húmedos, apenas lo suficientemente fríos como para que se congelara el suelo y no había visto la nieve ni una sola vez durante mi infancia. Fue sólo cuando me mudé al norte que lo vi por primera vez. Era mi primer invierno en el Territorio y aún no me había aclimatado. Al inclinar el cuello de mi abrigo alrededor de mi cuello, me pregunté si alguna vez lo haría.

Mientras sujetaba mi mochila a la parte trasera de la silla de montar, el fuerte sonido de los caballos moviéndose rápidamente me hizo girar. Los indios que trabajaban alrededor de su pequeño grupo de tiendas y un fuego central encendido también. Habían sido entrenados para desconfiar del peligro, ya que a menudo venía en la forma de hombre blanco.

Estos jinetes, sin embargo, eran indios. En lugar de detenerse en el área cerrada que usaban como corral, cabalgaron directamente hacia mí. Llevaban una mezcla de ropa indígena y ropa de hombre blanco. Además del arco y la flecha, un rifle estaba atado a una de las sillas de montar. No eran los hombres los que eran notables, o incluso que uno de los jinetes no era un hombre en lo absoluto, sino un niño de unos diez años; era el cuerpo que yacía sobre el caballo de Oso Rojo, justo encima de la silla de montar. Una de sus manos descansaba sobre la parte posterior.

Al principio pensé que era un hombre, pero vi faldas largas que colgaban bajo el abrigo oscuro, las botas de mujer. No podía ver su rostro, pero sólo por los zapatos supe que era una mujer blanca.

"Debes ayudar", dijo Oso Rojo, inclinando su barbilla para señalar a la mujer. Desde que lo ayudé en la mercantil unos meses antes, nos habíamos vuelto... amigos. Lo suficientemente amigos como para que confiara en que yo trataría a cualquiera que lo necesitara y, al mismo tiempo, ayudaría a proteger al grupo de cualquier blanco que quisiera hacerles daño. A cambio, él comprendió el cuidadoso balance que tenía para mantener mis visitas en secreto.

Me acerqué rápidamente, girando alrededor del animal hasta la cabeza de ella. Le puse una mano en la parte superior de la espalda. "¡Está mojada!", dije. Su cabello oscuro colgaba en masas húmedas, algunos puntos incluso comenzaban a congelarse y me acerqué para sentir el pulso en su cuello. Su piel estaba fría al tacto. Mortalmente fría.

Presioné y moví mis dedos a lo largo de la columna de su cuello buscando. ¡Allí! Era débil, pero estaba viva.

Dejé escapar un gran suspiro. "Date prisa. Debemos calentarla". La agarré por debajo de sus brazos y la tiré sobre el caballo, con mucha prisa pero con mucho cuidado para atraparla y acomodarla en mis brazos. Era como el hielo. Debe haberse caído en el río para estar así de mojada, y aun así vivió. Debe haber sido recientemente, de lo contrario estaría muerta. Nadie podría sobrevivir mucho tiempo sin refugio o calor en su condición.

Oso Rojo me llevó a una tienda cercana, retiró la solapa y me dejó entrar.

"Es ella".

Fruncí el ceño, sin saber quién era *ella*.

"Haré que envíen caldo, piedras calientes. Pieles extra". Mientras él hablaba desde la entrada, puse a la mujer sobre una cama de pieles gruesas y le quité el cabello empapado de su rostro. Movimiento tras movimiento sobre su piel húmeda, su identidad fue revelada.

"Mierda", murmuré, luego pronuncié una serie más completa de groserías.

Era Margarita Lenox, la única cliente de la mercantil que había ayudado a Oso Rojo ese día. Su piel estaba casi despojada de color. Incluso inconsciente y con los labios azules, no había duda. ¿Qué diablos hacía en medio de la nada, mojada y muriéndose? Apreté mis dientes mientras apreciaba su abrigo robusto, el cual no podría abrigarla si se perdía en la pradera abierta. Guantes finos cubrían sus manos, no llevaba sombrero. ¿Se le había caído o no se había puesto uno? Quería ponerla sobre mis rodillas y darle unos azotes por haberse metido en esta situación, pero no podría hacerlo si estaba muerta. Así que empecé a trabajar para salvarla como salvaba a todos los demás bajo mi cuidado.

Abrí su abrigo con destreza mientras pensaba en lo que sabía de la mujer. Ella era por lo menos una década más joven que mis treinta y cinco años, probablemente más. Desde la primera vez que la vi, mis pensamientos a menudo se habían llenado de su cabello oscuro, de su rostro ovalado, labios llenos, incluso la pequeña línea que se formaba en su frente cuando estaba concentrada en algo. Con bastante frecuencia, parecía que su atención estaba puesta en mí.

Estaba acostumbrado a ser observado cuidadosamente por las jóvenes y sus madres. Eran las mismas desde Georgia hasta el Territorio de Montana y todos los pueblos que había en el medio. Parecía que mi condición de soltero era quizás más importante que mi título de médico. Asumí que Margarita estaba entre este grupo, pero cuando le dio el cuidado apropiado a Oso Rojo el día que se enfermó, la vi bajo un nuevo lente. Era inteligente y parecía estar lejos de ser delicada o suave. Tampoco le tenía miedo a un indio.

Cuando fue a la ciudad con su hermana Jacinta, su conocimiento sobre las ciencias me sorprendió. Sólo tuve un momento para hablar con ella, y a pesar de que estaba preparado para que soltara tonterías sobre el clima o el próximo baile de la ciudad, como lo harían la mayoría de las jóvenes, habló sobre reacciones corporales severas a las abejas. Me intrigó al instante. Estaba... me atrevo a decir, embelesado. Excitado. Incluso más cuando la amonesté por no llevar sombrero en el clima frío. En vez de ser castigada por mi tono, estuvo... complacida. Vi el destello de felicidad en sus ojos. Por supuesto, la tenté con la oferta de mis revistas científicas. Regresó una vez con su cuñado, Chance Goodman, para recoger un libro y traía puesto un sombrero. No duró demasiado, porque tenía un paciente que ver, pero supe entonces que quería que Margarita Lenox fuera mía.

Fui el primero en admitir que yo no era el más cálido de los hombres. Yo no mimaba. No tenía una actitud empática con los pacientes. También tenía secretos. No podía enredarme, ni siquiera a través del cortejo, con una mujer que careciera de discreción, que tuviese prejuicios o miedo hacia los indios. Si mi secreto fuese compartido, ciertamente me quedaría sin trabajo y los indios estarían sin atención médica, y lo que es peor, posiblemente en peligro.

Debido a esto, le saqué todo lo que pude de ella a la gente del pueblo sin levantar sospechas. No había mucha diferencia entre una ciudad en el Sur Profundo y en el territorio de Montana cuando se trataba de chismes. Los matrimonios, las muertes, la gota, una receta de pastel, nuevos cortes de pelo e incluso quiénes irían al altar pronto se esparcía como el sarampión.

Por eso sabía bastante sobre la familia Lenox. Se hablaba que las dos hermanas eran dueñas de un burdel, pero encontrarlas en el molino una mañana me hizo cuestionar su validez. No me importaba lo que hicieron en el pasado, y parecía que el pueblo tenía una opinión similar ya que las tenían en la más alta estima. Sabía que habían adoptado a ocho niñas huérfanas durante el Gran Incendio de Chicago. Con todas ellas llamadas por nombres de flores, era muy fácil identificar a una Lenox incluso cuando todas se veían muy diferentes. Conocí a Rosa, ya que estaba bastante grande con el niño y su tiempo se acercaba rápidamente. Jacinta también estaba esperando a su bebé, pero no daría a luz hasta finales del verano. Todavía no había conocido a Dalia; sin embargo, por los chismes, había estado un poco fierecilla antes de casarse con Garrison Lee.

Pero sólo había una Lenox que me interesaba especialmente. El cabello de Margarita era tan oscuro como el mío y parecía tener unos rizos que, a pesar de que los recogía hacia atrás en un recatado bollo en la nuca, amenazaban con escapar de los alfileres que los mantenían en su lugar. Había visto largos mechones colgando de su estrecho cuello aquel caluroso día en que Oso Rojo se desmayó.

La veía de pasada, en la iglesia o caminando por la pasarela. Fue sólo después de lo sucedido en la mercantil que me fijé más en ella y reconocí que se cruzaba en mi camino con más frecuencia. De hecho, cuando el tiempo se puso frío, supe que estaba siendo observado.

Puede que estuviera igualmente concentrado en ella, pero me negué a hacer algo al respecto. Ella quería mi atención, pero más allá de prestar sus libros, yo apenas podía ceder a mis intereses. Era encantadora e inteligente y una mujer que valía la pena cortejar. Excepcionalmente inteligente. Sin embargo, al ser arrastrado en diferentes direcciones por aquellos que necesitan mis servicios, no había encontrado tiempo para llevar a cabo esa tarea en particular.

Aun así, debí haber sido más prudente con su interés, porque si lo hubiera hecho, ella no estaría cerca de la muerte. Si supiera de mi interés en ella, si fuera mía, definitivamente no habría hecho algo tan arriesgado o tonto, porque sabría que mi naturaleza ferozmente protectora llevaba a castigos severos cuando estaba justificado.

Los botones de la parte delantera de su vestido empapado eran difíciles de abrir, pero finalmente los desabroché todos, tirando de la prenda rústicamente, hacia abajo y fuera de su cuerpo. A sus pies, le quité las botas, luego le quité las medias blancas. Mi preocupación por ella mantuvo mis acciones clínicas. Mientras le pasaba las manos por encima de las pantorrillas y detrás de las rodillas, le quitaba el corsé y luego su delgada blusa hasta que quedó desnuda, sólo podía pensar en mantenerla con vida. Ciertamente había notado el tamaño grande de sus senos, el color rosado pálido de sus pezones, pero lo consideraría en otro momento. Si ella vivía. Sólo cuando se recuperara hablaríamos de lo que había entre nosotros.

El contacto piel a piel era lo mejor para calentar a una persona y me quité la chaqueta y la camisa. Deslizándome detrás de ella para que su espalda estuviera firmemente presionada contra mi frente, siseé al contacto de su piel fría. Me levanté, arrojé las mantas sobre nosotros, frotando suavemente su piel—sus brazos, piernas y sobre su vientre—para devolverle el calor.

Dos mujeres entraron en la tienda. Una usó un paño para recoger piedras del fuego y ponerlas debajo de las pieles, luego se fue tan rápido como llegó. La otra llevaba una taza de caldo y se arrodilló junto a la cama. Margarita también necesitaba que la calentaran por dentro, así que nos moví a los dos para que pudiera beber. Si la mujer estaba preocupada por la virtud de Margarita—estando desnuda con un hombre medio vestido, incluso para ayudarla a mantenerse con vida— no hizo ningún comentario. "Margarita, despierta", le pedí.

Seguí hablando con ella, frotando mis manos sobre sus brazos y torso, con cuidado de mantener las pieles sobre ella. La mujer fue a buscar una manta que estaba calentándose junto a la pequeña fogata. Regresó y la envolvió alrededor de la cabeza y el cuello de Margarita; sólo su rostro estaba descubierto.

"Vamos, cariño, es hora de tomar algo caliente".

No sé por cuánto tiempo le canturreé mientras le frotaba la piel fría. La india me ayudó hasta que Margarita empezó a moverse, luego se llevó la taza a los labios.

"Bebe, Margarita". Bajé más el tono de mi voz y con más mando. Si la persuasión no funcionaba, entonces tal vez una orden firme lo haría. Respiré con decisión y volví a intentarlo. "Srta. Lenox. Beba".

Sus labios se separaron lo más mínimo y la mujer india pudo inclinar la taza para que parte del líquido caliente cubriera la lengua de Margarita.

Gimió, pero bebió más. Despacio, pero excesivamente despacio, lo tragó todo. La mujer india le limpió la barbilla a Margarita con un trapo, asintió y luego se fue.

Margarita viviría. Ella lo sabía y yo también lo sabía. Margarita volvió a temblar. Esta era una señal prometedora. Había pasado las etapas de la hipotermia que ponían en peligro su vida. Su piel estaba notablemente más caliente y empecé a sudar bajo las pieles pesadas. Una vez que los escalofríos disminuyeron por completo, se quedó dormida. Apoyándome sobre mi codo, le quité la manta del rostro y ya no pude ver las pequeñas venas que tenía debajo de la piel. Sus labios ya no estaban azules y el cabello que peiné estaba medianamente seco.

Seguro de que ya no se me moriría, mi mente cambió a una dirección más carnal. Su piel era increíblemente suave, de un color parecido al de la leche. Su cabello era un enredo salvaje, era oscuro y comenzaba a rizarse. Sus pestañas igualmente oscuras eran largas y rozaban sus mejillas. Era hermosa y estaba contento de tener este momento para estar lo suficientemente cerca como para notarlo. Desde la distancia que solía mantener con Dalia y otras doncellas, había extrañado estos matices de ella que me parecían más que atractivos. Y esos eran mis hallazgos de sus rasgos *sobre* las pieles.

Debajo de ellas, era exuberante. Mi mano pasó por encima del borde de sus caderas que desembocaban en una cintura estrecha. Su vientre era plano, su ombligo una pequeña hendidura. Todo esto lo sentí bajo mi mano. Llevando hacia atrás el montón de mantas, liberé mis piernas porque tenía mucho calor. Margarita ya no tenía frío y eso lo cambió todo. Me quité una bota y luego la otra, me quité los calcetines mientras apreciaba el cuerpo desnudo de Margarita. Mi pene se endureció y me ajusté mis pantalones cómodos.

Esta vez no la estaba viendo a través de los ojos de un médico. Ahora la veía como un hombre y ella no era una paciente, sino una mujer. Una mujer con senos grandes y exuberantes. Los pezones ya no eran puntas apretadas, sino puntas rosadas y grandes que hacían que se me hiciera agua la boca. El vello en el ápice de sus muslos parecía sedoso y era tan oscuro como el de su cabeza. Con las piernas ligeramente abiertas, pude ver el indicio de su vagina, un vistazo tentador de sus labios inferiores de color rosa perfecto.

Mis dedos estaban ansiosos por tocarla, pero no lo hice. No era un abusador y a pesar de que tomé este momento para apreciar la vista, ella no estaba ni despierta ni consintiendo esto. Cuando me acosté con Margarita, ya no había duda de que esta mujer sería mía, quería que estuviera alerta y muy, muy ansiosa. Debido a esto, me levanté de la cama y coloqué las mantas para cubrirla una vez más. Ella no era mía—todavía—y no la deshonraría.

Me moví a un pequeño taburete de tres patas y me senté, mis manos sobre mis rodillas. Pasándome la mano por la nuca, me di cuenta de la situación en la que me encontraba mientras veía dormir a Margarita. Las paredes de la tienda temblaban con el viento que se había levantado. El indio tenía razón—no dudaba de ellos, pues estaban más en sintonía con la tierra de lo que cualquier hombre blanco podría estar—el clima estaba empeorando. Margarita necesitaría permanecer en cama al menos un día y la nieve que se acercaba nos obligaría a quedarnos aquí, posiblemente incluso más tiempo.

Aunque ella indudablemente no tenía la intención de caer en aguas heladas, probablemente en el río, se había forjado un nuevo camino para ella y para mí también. No le dije a nadie que ayudaba tanto a los indios como a la gente del pueblo, ya que algunas personas no serían muy condescendientes. Si me sacaban de mi puesto, no podría ayudar a nadie. En cuanto a Margarita, dudaba que le dijera a su familia que se iba a ir a pasear por el campo. Eso significaba que nadie sabía dónde estaba. Si ese era el caso, no podría pensar en una mejor razón para un castigo. Ahora estaba en posición de dárselo. Margarita Lenox necesitaba claramente una mano fuerte que la guiara y, aunque puede que no se haya dado cuenta, me había elegido para ese papel a largo plazo.

3

ᛘARGARITA

¡TENÍA TANTO CALOR! Me doblé las rodillas hasta el vientre y froté mi mejilla contra la almohada suave. Escuché el silbido del viento y me enterré más profundo, agradecida de estar en mi cama y lejos de la tormenta que parecía que se avecinaba.

"Deja de moverte".

Mi ensueño fue interrumpido por una voz muy masculina justo detrás de mí. No estaba en casa. No estaba en mi cama y no estaba sola. Mi almohada no era una almohada en absoluto, porque cuando abrí los ojos miré directamente al antebrazo de un hombre, cubierto de pelo oscuro sobre la parte superior de los músculos fibrosos. Estaba firmemente presionado contra mi espalda y su otro brazo estaba envuelto sobre mi cintura y la mano grande... ¡la mano grande cubría mis senos!

"¡Oh!" Grité y traté de alejarme, pero su agarre era demasiado firme. Mi blusa sólo empujó mi pecho hacia la palma de su mano y sentí que mis pezones se tensaban. Algo se estaba metiendo en mi trasero.

"Dije que dejaras de moverte", repitió el hombre.

"Pero... yo... ¿por qué?"

No podía hablar, mis palabras se atascaron en mi garganta.

"Te caíste en el maldito río y pudiste haber muerto".

Lo recordé y eso me tranquilizó más que la orden del hombre. El caballo me había sacudido y me había caído al río. Tenía tanto frío que me rendí y me dormí.

Me lamí los labios secos. "No morí".

"Puede que hayas vivido, pero por el momento, cariño, esto es un infierno". El hombre quitó su mano de mi seno y me dejó alejarme. ¡Reconocía esa voz! Salté de las sábanas. "¡Doctor James!"

Mis pies tocaron el suelo helado y bajé la mirada para observarme. Grité, sabiendo que él podía ver cada centímetro desnudo de mí. Apartó las pieles y salté de nuevo a meterme debajo de ellas, aunque me alejé lo más posible de él mientras permanecía en cama.

"¡Estoy...estoy desnuda!"

Su rostro estaba a sólo un pie de distancia y pude ver sus pestañas negras como la tinta, los bigotes igualmente oscuros que cubrían su mandíbula fuerte. El pelo sobre su cabeza, generalmente limpio y preciso, estaba revuelto como si hubiera estado dormido. Conmigo. ¿Se había tomado libertades? Mi cuerpo no se sentía diferente, pero ¿lo haría si el hombre me hubiera tocado? Mis pezones estaban duros y me sentía húmeda entre las piernas, ¿pero eran esas indicaciones de ser tomada por un hombre?

"Cálmate", contestó. "Puedo ver tu pulso prácticamente saltando en tu cuello".

Di una palmada donde él indicó. "¿Dónde...dónde está mi ropa? ¿*Por qué* no la llevo puesta?"

"Estaba mojada y fría y tú estabas muriendo. Elegí mantenerte viva en lugar de mantenerte modesta", contestó.

"¿Y ahora?" Me puse las sábanas hasta el cuello. Ya no tenía frío. De hecho, estaba sudando, pero tenía la sensación de que no tenía nada que ver con estar demasiado caliente.

"Dudo que tu ropa esté seca ahora, ni lo estará por algún tiempo".

"¿Entonces debo permanecer desnuda?"

El Dr. James se sentó, dejando que las pieles le cayesen a la cintura. Mis ojos se abrieron de par en par al ver su cuerpo. Sus hombros eran anchos. Tenía pezones planos y de color oscuro en el pecho. Entre ellos tenía un poco de vello oscuro que se estrechaba en un recorrido hacia el ombligo. Desde allí, formaba una línea estrecha que se sumergía bajo la piel. ¿Cómo puede ser tan musculoso, tan duro? ¿Tan grande? Sentí cada centímetro duro de ese cuerpo contra mi espalda. Tragué saliva.

"¿Te gusta lo que ves?" Sus palabras hicieron que mi mirada se levantara de su ombligo. Sus ojos eran penetrantemente oscuros y... intensos, pero no estaban preocupados en lo más mínimo por su modestia—ni por la mía.

Buscó algo y pude ver la larga línea de su espalda e incluso sus pantalones oscuros. Suspiré, aliviada al saber que no estaba completamente desnudo. Sin embargo, eso no me impidió apreciar la vista.

¿Así es como lucía un hombre? No es de extrañar que Jacinta y Rosa estuvieran embarazadas. Yo mantendría desnudo al Dr. James todo el tiempo si fuera mi esposo. Aunque se veía excepcionalmente guapo con sus trajes impecables, no los necesitaba ni un poquito.

"Aquí". Me tiró algo y lo agarré.

"¿Tu camisa?", pregunté, mirándolo a los ojos.

Se encogió de hombros. "Está limpia y seca. O puedes quedarte desnuda".

Metí mis brazos en las mangas y empecé a abotonarla. Mientras lo hacía, el Doctor James observó cómo mis senos eran cubiertos. Su olor salía de la tela, limpio y picante.

"¿Dónde estamos?" Aprecié nuestro alrededor inusual. La habitación era circular con las paredes estrechándose en casi un punto en la parte superior, pero quedaba una pequeña abertura para que el humo del pequeño fuego en el centro del suelo escapase. Las paredes eran opacas, pero dejaban pasar la luz.

"Esto es una tienda. Estamos en un pueblo indio a varios kilómetros al oeste de la ciudad".

Conocí a Oso Rojo cuando intercambiaba mercancías con la mercantil, pero nunca había visto un pueblo indio, y mucho menos había dormido dentro de una tienda.

"¿Tú me trajiste aquí?" Seguí mirando a mi alrededor. Esto era muy diferente a mi casa, a mi dormitorio.

"No lo hice. Oso Rojo te encontró y te trajo hasta aquí".

Hice una pausa, mis dedos en el botón inferior. "¿Estás ayudando a los indios?"

Inclinó un poco la cabeza. "Los trato cuando es necesario, sí".

Quizás se preguntó si me molestaría que tratara a los nativos. No importaba. Mi estado de desnudez *sí* importaba. "Eso no explica por qué compartimos una cama...desnudos".

"La mejor manera de calentar a alguien que está hipotérmico es—"

"Quitarle toda la ropa y calentarlo con otro cuerpo", terminé, sabiendo la validez de sus palabras.

Me estudió durante un momento, luego asintió.

"Ahora estoy bien. Podrías haberte vuelto a vestir". Incliné mi barbilla hacia él indicando su pecho desnudo.

"Podría haberlo hecho, sí", contestó.

"Eres un sinvergüenza", le dije.

"¿Quieres devolverme mi camisa para que no sea tan sinvergüenza?"

Aunque los botones mantenían la camisa cerrada, la agarré por delante de todos modos.

Negué con la cabeza y le contesté remilgadamente: "No, gracias".

"¿Te estás muriendo ahora?", preguntó.

"No". Puse los ojos en blanco ante su ridícula pregunta.

"Entonces no eres mi paciente. Sólo soy un hombre en la cama con una mujer desnuda".

Mi boca se abrió ante su audacia. "Cómo te atreves—"

Se volvió hacia mí. "¿Cómo me atrevo? Tú eres la que salió en el frío. Tú eres la que no le dijo a nadie que te ibas. Tú eres la que estaba mal preparada para el clima. Sin sombrero. Sin manta ni comida extra. ¿Tengo razón en estas declaraciones?"

Su tono de voz no disminuyó la amargura de sus palabras. Arrepentida, me miré las manos y asentí.

"Dilo, Margarita".

Lo miré a través de mis pestañas. "¿Decir qué?"

"Di lo que hiciste".

El hombre era demasiado paciente a medias. Mientras yo yacía allí y me estremecí debajo de su mirada fuerte, él esperó. Y esperó. No me lo pondría fácil, porque yo había estado equivocada. Había sido imprudente y me puse en peligro. Pude haber muerto.

"Salí al frío sin precauciones y no se lo dije a nadie".

Admitir la verdad era duro, la culpa que sentía era opresiva.

Lo vi asentir una vez.

"Ponte de espalda. Seré tu médico por unos minutos para evaluar cualquier daño que puedas tener. Aunque ambos estamos de acuerdo en que ya no hay una amenaza para tu vida, quiero asegurarme de que no tengas quemaduras por frío".

Entrecerré la mirada hacia él, pero él solo arrugó la frente a cambio. No quería exponerme a más escrutinio del que ya tenía.

"Ahora, Margarita".

Fruncí los labios y di un zumbido decisivo mientras me recostaba sobre las pieles muy calientes. Me coloqué la manta hasta la barbilla y el Doctor James me la quitó. Sólo la mitad inferior de mis piernas estaba cubierta, así que agarré la parte inferior de su camisa sobre mis muslos.

Su mano se acercó y me quitó el cabello de la cara con suavidad. Lo aparté con mi mano. Él sólo se detuvo y me miró fijamente, esperando. Puse mi mano hacia abajo mientras él exponía una oreja y acariciaba la curva superior con un dedo. "¿Te duele aquí? ¿Está entumecido?"

Fue el más ligero de los tactos. Para un hombre tan grande, con sus manos tan grandes, fue sorprendente.

"No", susurré.

"Gira la cabeza".

Lo hice y me rozó la parte superior de la otra oreja. "Sin quemaduras por frío. Muéstrame tus manos".

Las levanté y él tomó una, luego la otra en la suya,

inspeccionando todos y cada uno de los dedos. Las puso en mi abdomen vestido por la camisa.

"¿Te golpeaste la cabeza cuando te caíste?"

"El caballo me sacudió. Estoy un poco rígida en el hombro, pero aterricé en el agua, lo que suavizó el golpe".

Haciendo un sonido neutral, empezó a desabrochar el botón superior de la camisa.

"¿Qué estás haciendo?"

"Voy a mirar tu hombro".

Cubrí sus manos con las mías. Su piel era tan cálida, el poco vello de la parte posterior tan suave. "Ya me viste desnuda y no había cortes ni moretones".

"¿Puedes ver moretones en tu espalda?"

No fue la pregunta lo que me hizo ceder, sino la mirada en sus ojos. No iba a tolerar ningún tipo de tontería. "¿De qué lado?"

"Izquierdo".

Sólo desabrochó tres botones, lo suficiente para que pudiera tirar de la tela por encima del hombro dolorido, aunque el relieve superior de mi seno era visible.

"Voltéate".

Me volví alegremente para mirar hacia otro lado, porque ahora no podía ver sus ojos, su mirada fuerte, pero su voz era severa y no ocultaba su descontento hacia mí. "Tendrás un moretón", dijo mientras sus dedos sondeaban mi hombro y la parte superior de la espalda. Hice una mueca de dolor, pero sólo fue algo pequeño. "Nada roto".

Me giró sobre mi espalda una vez más. "Pies, por favor. Deseo ver si hay que amputar algún dedo del pie".

Ante esa idea, doblé las rodillas para sacar los pies de debajo de las pieles. Cuando me di cuenta de que la acción hizo que su camisa se deslizara por mis muslos y expusiera mi feminidad, chillé y metí mis pies debajo de las sábanas otra vez. Fui rápida, pero el Dr. James fue más rápido.

"Margarita", regañó. "Cede".

Agarró el tobillo más cercano a él y relajé la pierna, permitiéndole que la subiera a su regazo cubierto de pieles. Empujé el dobladillo de la camisa para cubrir mi sexo, que ahora estaba muy abierto con la pierna a un lado.

No se detuvo, sino que tan sólo volvió a poner el pie debajo de las sábanas. "El otro".

Lentamente, lo saqué de las pieles. Lo miró sin tocarlo. "Bien. Ahora, gírate sobre tu estómago".

Dejé salir un poco de aire y me di la vuelta, con cuidado de llevar el dobladillo de la camisa sobre mi trasero antes de quitarme el cabello de la cara. Miré fijamente el lado de la tienda.

"Mete las rodillas debajo".

Fruncí el ceño y volví la cabeza para mirarlo. "¿Qué? ¿Por qué?"

"Porque no hay daño permanente por la hipotermia. Sólo un día de descanso es todo lo que necesitas ahora. Como ya no eres mi paciente, es hora de aplicar tu castigo".

Comencé a alejarme, pero el Dr. James me agarró de la cintura. "Margarita Lenox, ponte de rodillas. Ahora".

Me negué a ceder a la orden del hombre. *No* me quedaría sentada sin hacer nada y dejaría que me castigara.

"¿No vas a cumplir?"

Fruncí los labios y sacudí un poco la cabeza.

Chillé cuando me maniobró fácilmente como él quería. Aunque al principio me sorprendió, empecé a luchar contra sus movimientos, pero una palmada fuerte en mi trasero—¡mi trasero desnudo!—hizo que me quedara quieta.

Me eché hacia atrás y tiré del dobladillo de su camisa, cubriéndome.

Él la volvió a quitar. "Déjala".

"¿Por qué?", pregunté con insistencia.

"Porque así es como te dan una paliza en el trasero. Ah, puedo ver por la mirada de sorpresa en tu rostro que nunca antes has sido castigada de esa manera. Basado en tu comportamiento imprudente de ayer, quizás nunca".

"¡Puedes ver...puedes ver mi trasero!"

"Sí, puedo. También lo veré tornarse de un color rosado brillante. Yo soy el que te vio apenas viva. Yo soy el que no pudo volver a la ciudad a ver a los pacientes que pueda tener por tu culpa. Ahora estamos atrapados aquí hasta que hayas descansado y el tiempo mejore. Debido a tu comportamiento impulsivo—e indiscutiblemente irresponsable—otras vidas pueden estar en peligro".

"¿A qué te refieres?", le pregunté, confundida.

"Tu hermana, Rosa. Es casi su hora. "¿Qué pasa si empieza a entrar en trabajo de parto mientras yo estoy atrapado aquí?"

Mis ojos se ensancharon ante la posibilidad.

Como no me moví, añadió: "Estoy esperando, y te prometo, que soy un hombre muy paciente".

Por la forma en que hablaba con una actitud tranquila, sin levantar nunca la voz, no lo dudé. No cedería. No me dejaría levantarme de la cama. No me dejaría hacer nada por mi propia voluntad en este momento. Tuve que hacer lo que me ordenó, pero no tenía que gustarme y se lo dije.

Mientras me movía a la posición que esperaba, lo miré y dije con un toque de acidez: "No me gusta esto".

"Sí, te gusta".

"¡No me gusta!" ¿Cómo se atreve a afirmar que conoce mi mente?

"Tu cuerpo dice lo contrario".

Mientras estaba de rodillas, el Doctor James estaba a mi lado. La camisa me cubría de su mirada, al menos desde este ángulo. "¡No lo hace!"

Me agarró de la muñeca y me tiró hacia arriba, de modo que yo estaba de rodillas frente a él. Mis ojos se ensancharon por su maniobrado. Estábamos a la misma altura y no pude hacer otra cosa que mirarlo a los ojos. Me estudió brevemente, luego asintió como si hubiera decidido algo.

"Ahora lo entiendo".

"¿Entender qué?" Puede lo haya hecho, pero yo no.

"No hay nada de que avergonzarse, cariño. Necesitas una mano firme. Castigo. Orientación. Eso te excita".

Eso era completamente falso. Él no podía asumir esas cosas sobre mí. Podríamos estar solos y poco vestidos, pero él no sabía nada.

"Yo—"

Me cortó con un movimiento de su mano en el aire. "Tus pupilas se dilatan cuando te hablo con autoridad. Puedo ver tu pulso latiendo rápidamente en tu cuello". Mi mano se apresuró para cubrir el punto delatador de nuevo. "Mira hacia abajo".

Lo hice.

"Tus pezones están duros".

Podía ver los puntos apretados claramente definidos a través del fino algodón de su camisa. Jadeé.

"Y esto". Pasó sus dedos por la parte interior de mi muslo y lo sostuvo ante mí. "Tu vagina está mojada".

Agarré la parte de abajo de la camisa, pero era demasiado tarde. Vi la humedad brillante que cubría las puntas de dos de sus dedos que había pasado por mi piel, ahora con hormigueo.

Sabía que me estaba sonrojando ardientemente, porque la conversación no era la de un paciente y un médico. "¡No puedes hablarme así!", dije indignada, tratando de retroceder.

"Quédate quieta". Me congelé con el mandato de su voz. "Sí, puedo. Responde a esto", continuó. "El día que viniste a mi oficina con tu hermana. ¿Cómo te sentiste cuando te dije que te pusieras un sombrero?"

La boca se me cayó. Él... ¿él sabía que me gustaba cómo me hacían sentir sus palabras? Me estaba *dando* un consejo. Orientación. Incluso castigo. Eran para mí sola, no para un grupo de ocho chicas. No era una de tantas hermanas Lenox. No estaba interesado en Rosa ni Caléndula, ni siquiera en la atrevida Dalia. Estaba concentrado únicamente en *mí*. Esperó nuevamente.

Me aclaré la garganta. "Se sintió...bien".

"¿Sentiste que te regañaba como si fueras una niña?"

Cuando la Srta. Esther me incitó a que me pusiera un sombrero o a que me acordara de mis guantes, sí que me sentía como si todavía fuera una niña. Con el Doctor James...

Negué con la cabeza. "No, y tú sabes muy bien que no soy una niña", respondí.

"Eso es correcto. No tengo que ser médico para saber muy bien que eres una mujer. Cualquier hombre consciente podría hacerlo".

"¿Pero me castigarás?" Crucé mis brazos sobre mis pezones duros. ¡Malditos sean!

Asintió, su cabello revuelto resbalándose sobre su frente. "Sí, te castigaré". Me miró cuidadosamente, quizás esperando a que discutiera más con él. Inclinó la barbilla. "Pon las manos sobre las pieles".

Fruncí los labios y entrecerré los ojos. Estaba tan furiosa con el hombre, pero al mismo tiempo, sentí... algo. *Quería* hacer lo que me ordenó. Quería que me dijera qué hacer, que se preocupara por mí, que me interrogara. Hice lo que me pidió.

Cuando puso la cola de su camisa sobre mi espalda, empecé a levantarme. ¡Quería hacer lo que me pidió, pero no con el trasero expuesto! Una mano firme entre mis omóplatos me mantuvo quieta.

Una cachetada fuerte llenó el aire y lo escuché justo antes de sentir la picadura en mi trasero. "¡Ay!" Grité, moviendo las caderas.

"Deja tu irritabilidad. Ahora, dime otra vez por qué estás siendo castigada". Su mano descansaba sobre el lugar donde golpeó. Era la primera vez que un hombre me tocaba así, en un lugar tan íntimo.

"Porque hice algo impulsivo y peligroso".

"¿Por qué más?"

"Porque tuviste que atenderme a mí en lugar de regresar a la ciudad".

Apartó su mano y me relajé. "Muy bien, Margarita".

Suspiré ante el tono complaciente de su voz. "Contarás tu castigo y me agradecerás cada vez, o comenzaré de nuevo".

Azote.

Estaba siendo azotada por el Doctor James. Dolía, porque no se saltó su intención. Estaba de rodillas con tan solo la camisa del hombre y él me estaba azotando el trasero desnudo. Oh Dios. Sentí más de esa humedad que me mostró que se deslizaba por mi pierna.

"Margarita", advirtió.

"Uno. Gracias", suspiré.

Esto continuó hasta que llegué a treinta, pero en ese entonces mi trasero ardía y sollocé el número.

No me atreví a moverme, pero quería tirarme la piel por la cabeza y esconderme. Me sentí humillada, avergonzada y...reconfortada. Era una mezcla de pensamientos tan confusa que me hizo llorar aún más. ¿Por qué me *gustaron* los azotes? ¿Por qué me gustó la forma en que el dolor de su palma contra mi tierna piel se convirtió en calor? ¿Era la atención del hombre? ¿Era el hecho de que ambos estábamos medio vestidos? ¿Era porque era una depravada?

"Shh", canturreó, pasando su mano sobre la carne caliente. La picadura se transformó en un fulgor glorioso. "Ya se acabó. Fuiste una buena chica".

Negué con la cabeza. "Yo...no soy buena", lloré.

Me giró la barbilla, así que lo miré. Antes de hablar me limpió las lágrimas con los pulgares. "¿Por qué, cariño?"

"Porque estoy muy mojada. Eso me hace muy, muy mala".

Me levantó y me abrazó. Su pecho era como de granito, pero muy, muy caliente. Podía escuchar el latido constante de su corazón. Había anhelado que me abrazara así. "Eso no te hace mala. Significa que estás excitada sexualmente".

El vello de su pecho me hacía cosquillas en la mejilla y su aroma limpio era mucho más fuerte que el de su camisa. "¿Al ser castigada?"

"Sí, y por alguien que sabes que no tolerará ninguna tontería".

"¿Y eso hace que...me moje?" Suspiré cansada. "Estoy

tan confundida".

"No necesitas entenderlo ahora. Sólo debes saber que no has hecho nada malo, que tu cuerpo reconozca lo que necesita no es vergonzoso. Será nuestro secreto, Margarita, y yo seré el único que satisfaga tus necesidades". Continuó canturreándome, tranquilizándome y calmándome. Me relajé en su cuerpo mientras mi respiración se estabilizaba.

"Es hora de que descanses". Me soltó y me puso de nuevo debajo de las pieles—sobre mi estómago. "Duerme, Margarita. Cuando despiertes, las cosas se resolverán".

$\mathcal{M}$ARGARITA

ESTA VEZ CUANDO DESPERTÉ, no tenía miedo. Conocía mi entorno, sabía que aún estaba en el pueblo indio. La diferencia esta vez fue que el Doctor James no estaba presionado contra mí. Estaba bastante sola debajo de las pieles. Una mujer india estaba trabajando tranquilamente junto al fuego y se volvió hacia mí cuando me moví.

Me senté y me estiré, pasé mi mano por encima de mi cabello salvaje. Era mayor, quizás de una edad similar a la de la Srta. Trudy y la Srta. Esther. Su cabello, teñido con toques de canas, estaba recogido hacia atrás en una larga trenza por su espalda, de un color incluso más oscuro que el mío. Oscuro por completo, era muy bonita.

"Soy la esposa de Oso Rojo. Tú lo ayudaste, así que yo te ayudo a ti".

Me sonrió y me ofreció una taza con vapor que salía de arriba.

"Bebe", dijo ella, su voz baja y suave.

Le agradecí por ello y se sentó conmigo en silencio mientras sorbía la sopa caliente. Pude ver mi vestido y mi abrigo en una silla detrás de ella. Cuando terminé, me quitó la taza, tomó una toalla de una olla al borde del fuego y escurrió el exceso de líquido. "Báñate".

La toalla húmeda estaba caliente y la usé para lavarme, llevándola a la olla pequeña y sumergiéndola y escurriéndola una y otra vez hasta que me sentí un poco mejor. Luego, señaló mi ropa con su mano. "Vístete".

Miré rápidamente la solapa cerrada, preguntándome si el Doctor James entraría, pero la mujer no parecía preocupada por mi privacidad. Solía vestirme frente a mis hermanas, no me molestaba quitarme la camisa. Toda mi ropa estaba seca y me sentí mejor vestida con mis prendas familiares una vez más. Cuando abroché el último botón de mi vestido, mis medias estaban atadas en su lugar y mis botas en mis pies, me llevó a un pequeño taburete. "Siéntate".

Sacó un cepillo hecho con cabello de caballo y comenzó a quitar los enredos y nudos de mi cabello. Fue cuando ella estaba atando una tira de cuero alrededor de una trenza en mi espalda que el Doctor James entró. Tuve que inclinar la cabeza hacia atrás para mirarlo desde mi asiento bajo. Llevaba puesto un abrigo pesado, guantes y su sombrero. Asumí que tenía otra camisa en su alforja, pero no sabía si era así o si tenía el pecho desnudo debajo de su prenda exterior. Sólo recordar los músculos fuertes de su abdomen hizo que me lamiera los labios.

Entonces pensé en cómo había visto mi cuerpo desnudo, cómo había descubierto la humedad que había llenado mis muslos, cómo no se burlaba de mi excitación por su castigo severo. Aunque estaba avergonzada por ello, él no lo estaba.

"Buenos días", dije, aunque era difícil mirarlo a los ojos.

"En realidad, ya es por la tarde".

Jadeé. "¿Lo es?"

Su cabello estaba peinado y limpio una vez más, su cara bien afeitada. "Dormiste toda la noche. Claramente, necesitabas descansar. ¿Ya te refrescaste?"

Asentí, recordando lo cansada que estaba. Puede que no haya sido el castigo en sí mismo lo que me agotó, pero me recordó mis malas decisiones una vez más.

"Veo que no tienes efectos negativos de tu castigo".

Me di cuenta de que estaba hablando de mí sentada en el taburete de madera dura con un trasero azotado. Miré por encima de mi hombro a la mujer y no pude evitar ruborizarme. Ella asintió hacia mí, luego hacia el Dr. James, luego se escabulló de la tienda.

"¿Y bien?", preguntó, esperando.

"No, mi...mi trasero está bien", murmuré.

"El tiempo ha mejorado. Aunque todavía hace bastante frío, podemos volver a la ciudad, pero debemos hacerlo antes de que oscurezca".

Asentí, contenta de volver a casa.

"Han pasado dos días, Margarita. Hace dos días que te fuiste. Tu familia estará preocupada".

Me sentí como si fuera una niña pequeña siendo regañada, sentada como estaba con él cernido sobre mí. Así que me puse de pie. Aunque era casi una cabeza más alto, la diferencia no era tan grande. "Sí, entiendo que serán infelices".

"¿Qué vas a decirles?" Se quitó los guantes y se los metió en los bolsillos del abrigo. "Seguramente le pidieron al alguacil y a otros en la ciudad que ayudaran a buscarte".

Oh cielos. Ellas harían eso. La única vez que Caléndula deambuló en el picnic de la iglesia, todo el pueblo la estaba buscando. Por supuesto, tenía ocho años en ese momento y la encontraron rápidamente, dormida en uno de los bancos de la iglesia. Mi desaparición durante una tormenta de invierno no era del mismo calibre.

"Diré.... Creo que..." ¿Qué iba a decir? Lo miré y no respondió por mí. Estaba haciendo que yo misma encontrara la solución. "Diré que fui a dar un paseo y encontré un pueblo indio".

Sus ojos se abrieron de par en par. "¿Pondrás a los indios en peligro con tu respuesta?"

Fruncí el ceño. "¿Peligro?"

"Como sabes, a algunos de la ciudad no les gustan los indios. No saben de este asentamiento transitorio y tal vez deseen echarlos".

"No pretendo hacerles ningún daño. Han sido más que amables. Me rescataron". Comencé a caminar por el pequeño espacio y cuando tuve una nueva idea, me volví para enfrentarme a él. "Tú me salvaste. No necesitamos mencionar a los indios".

"Muy bien, porque deseo continuar ofreciéndoles mis servicios".

Sonreí, aliviada. "Bien. Entonces está arreglado".

Levantó su mano. "¿Le dirás a todo el mundo que me seguiste y te caíste al río?"

Jadeé. "¿Cómo sabías que yo—?" Reconocí la trampa que me tendió, aunque un poco tarde. Me mordí el labio para no implicarme más.

En lugar de estar molesto por mi confesión, no parecía afectado. "Si no quieres contarle a todo el mundo tus acciones, entonces sólo hay un escenario posible que funcionará".

"¿Ah?", pregunté, fingiendo que alisaba las arrugas inexistentes en mi vestido.

"Nos casaremos".

Mi cabeza se levantó y mis manos se congelaron en mis muslos. "¿Qué?"

"Me niego a contarle a nadie que ayudo a los indios. Mis servicios médicos son para cualquier persona necesitada, no sólo para aquellos con piel blanca. Eso también se aplica en Georgia". Señaló hacia mí con su dedo. "No puedes volver a la ciudad sin una excusa viable para tu comportamiento imprudente".

Sí, pero ¿casarnos? El hombre había perdido la cabeza. Yo no quería casarme con él por las circunstancias. Quería casarme con él porque él *me quería a mí.*

"Si le dices a tu familia que estuviste conmigo durante la tormenta de nieve, querrán saber nuestro paradero. Como no permitiré que ofrezcas la verdad, tu virtud y mi honor se verán empañados. Esto último, te aseguro, no está en consideración".

Me alejé de él, pero tropecé cuando me di cuenta de que iba a pisar el pequeño fuego. "¡No podemos simplemente casarnos! ¡Apenas te conozco!"

"¿Entonces estás dispuesta a dar una explicación?"

Balbuceé, pero mi mente no podía encontrar una réplica. No podía pensar en una respuesta convincente. Si decía que fui secuestrada por indios, eso sólo llamaría la atención sobre ellos. Si decía que he estado en la nieve durante dos días con el Doctor James, entonces seríamos llevados al altar de todos modos, pero en desgracia. El Doctor James no me dejaría compartir su paradero, pues él no había hecho nada malo y de nuevo, tampoco los indios.

Yo había estado equivocada, pero me mortificaría si la verdad fuese descubierta. Lo que el Doctor James ofreció *era* la solución más viable.

"¿Estás dispuesto a casarte conmigo—a *casarte*—para proteger a los indios?" Pronuncié la palabra muy claramente, porque era *matrimonio*. ¿Estaba ciego hasta el punto de ese compromiso?

"Nos casaríamos para proteger a los indios, y a ti. No han hecho nada más que ofrecer refugio y amabilidad. A los dos. Es la mejor elección".

"¿Entonces nos casaremos porque eres *honorable*?", pregunté, mi voz incrédula.

Parecía desconcertado, como si lo hubiese insultado. "Por supuesto".

"¿Y yo debo casarme contigo porque soy descuidada y testaruda? ¿Tengo que vivir con eso?" Esperaba ser más inteligente de lo que parecía para el Doctor James.

"Fue un incidente y después de tu castigo, la pizarra fue borrada. No obstante, el precio a pagar es bastante alto". Dio un paso hacia mí y dejé que tomara mi mano. La suya era cálida; callos en la palma de su mano me rozaban la piel. "También me deleitaré sabiendo que mi novia estaba tan ansiosa por mis atenciones que se arriesgó a sufrir hipotermia para estar conmigo".

"¿Y qué hay de ti? Aunque yo esté ansiosa, dudo que tú lo estés".

Quería casarme por amor. Aunque no podía decir que amaba al Doctor James, sentía que podía hacerlo con el paso del tiempo. No podía decir lo mismo de él.

"¿Crees que estaré encadenado a ti?"

Asentí, desolada.

"Te aseguro", continuó, "que tú interés es correspondido".

Lo miré a través de mis pestañas, con miedo de que la esperanza se arraigara. "¿Estás...estás interesado en mí?"

"Esa es una palabra para describirlo", murmuró, tirando de mí hacia él, de modo que me apretó firmemente contra su pecho. Me agarró la trenza y me dio un pequeño tirón. Mi cabeza se inclinó hacia atrás y tuve que mirarlo a los ojos. Sin embargo, sus ojos no estaban en los míos, sino en mis labios. El calor se esparció por mi cuerpo por el...*interés* que vi allí.

"¿Te casarás conmigo para evitar que mi comportamiento sea de conocimiento público?"

"No quiero una esposa que sea considerada imprudente o arriesgada. Aunque definitivamente trabajaré contigo para frenar ese comportamiento, no es necesario que se sepa".

Crucé los brazos sobre mi pecho. "¿Qué le diremos a todo el mundo?"

"Que nos casamos en Hollins Ferry".

Negué con la cabeza. "Ningún ministro mentirá por nosotros", respondí.

Suspirando, me soltó y retrocedió. "El juez de paz es amigo mío. Estoy seguro de su discreción".

"¿Entonces realmente no estaremos casados?" ¿Estaría conmigo aunque no estuviéramos realmente casados?

Frunciendo el ceño, sacudió su mano en el aire. "Te aseguro que nuestra unión será sagrada. Oso Rojo realizará la ceremonia y será válida". Levantó la misma mano y cerré la boca. "No se trata de un Dios determinado, Margarita, sino de que nos hagamos votos el uno al otro. Es un compromiso...de por vida".

No había otra opción. Si le decía la verdad a todo el mundo, siempre sería la salvaje e insolente Margarita Lenox. ¿A qué hombre le interesaría una mujer tan temeraria? También pondría en peligro a los indios y el Doctor James podría perder su trabajo. Nada bueno saldría de ello.

Se quedó esperando en silencio. Como médico, estaba en su carácter ser observador y aprecié su paciencia al permitirme un momento para pensar y considerar. No tenía otra opción. Tendría que casarme con el hombre que quería.

Respiré profundo y cerré la distancia entre nosotros. "Si voy a casarme contigo, tengo una pregunta más, Doctor James".

Sus nudillos me acariciaron la mejilla y me estremecí, esta vez no porque tuviera frío.

"¿Sí, Srta. Lenox?"

"¿Cómo te llamas?"

ETHAN

MARGARITA ESTABA SENTADA en mi regazo mientras

cabalgábamos hacia el pueblo. El sol se había puesto horas antes y el cielo estaba despejado. No estaba acostumbrado a la forma en que la nieve reflejaba el brillo de la luna. Era una noche extrañamente brillante.

"¿Estás bien?", le pregunté.

El caballo caminaba lentamente, su sonido apagado por la nieve profunda. Con una mano en las riendas, mantuve la otra en su cintura. Era una noche amargamente fría, pero ella parecía lo suficientemente cálida.

"Eso fue...difícil", contestó ella. Esperaba que se hubiera retorcido las manos si no tenían guantes. No se olvidó de ponerse un sombrero grueso de lana que le cubriera la cabeza y las orejas, mientras que una bufanda envuelta alrededor de su cuello mantenía sus ojos y nariz expuestos al frío.

Después de nuestro matrimonio rápido frente a Oso Rojo, no nos quedamos en el campamento. Fuimos directamente al rancho Lenox donde Margarita fue igualmente regañada y sofocada por la Srta. Trudy y la Srta. Esther, así como por sus hermanas. Nos quedamos a cenar—no tuvimos elección—mientras contábamos nuestra falsa historia y a mí también me habían regañado por haberme fugado con Margarita.

La Srta. Esther creía que yo era un hombre inteligente, pero debe haber asumido que mis necesidades más básicas habían anulado mi mente racional. No tuve más remedio que soportar el peso de sus frustraciones. Fue mi culpa haberle quitado a

Margarita sin decir una palabra. Como estas acusaciones venían de la preocupación y el amor, no dejé que me molestaran. Tal vez hasta parecían felices con nuestro matrimonio porque pensaban que yo había estado tan cegado por la lujuria que me había olvidado de toda cortesía.

Aunque parecía que la virtud de Margarita y mi honor seguían intacto—el plan había funcionado—aún no había besado a mi nueva novia, porque ese final no era una tradición en las bodas de los indios. Si consideraban que me casé con Margarita porque mi necesidad por ella era demasiado grande para demorar un momento más, al menos debería haber aprovechado los beneficios de ello.

Por esa razón fui a buscar a Margarita a su habitación, donde había ido a hacer las maletas. Me sorprendió encontrar libros allí. Montones y montones de libros. Mientras ella doblaba su ropa y la colocaba en una pequeña bolsa, yo examinaba los títulos en los estantes. Había una buena cantidad de ficción, pero la mayoría de los libros eran de naturaleza científica. Aunque sabía que la mujer estaba bien versada y que había tomado prestada una de mis revistas, no esperaba que su deseo de aprender fuera tan profundo. Mi novia *era* una intelectual.

Una vez que Margarita terminó, llevé su bolso a mi caballo. Dejamos el caballo Lenox—el que la había arrojado al río—y ella estaba en mi regazo. Se sentía bien abrazarla, no sólo porque podía sentir cada curva de su exuberante trasero, sino porque sabía que estaba a salvo. Con mis brazos a su alrededor no podría sufrir ningún daño. Mi necesidad de proteger a Margarita era tan feroz como mi necesidad de follarla. El pueblo no estaba muy lejos, lo que significaba que pronto podría reclamar a mi novia.

Cuando decidí darle unos azotes por su conducta imprudente y descuidada, no había anticipado cómo lo haría. No me había imaginado que ella estaría usando solo mi camisa y que sus pezones saldrían a través de la delgada tela. No había anticipado que vería la ligera curva de su seno mientras inspeccionaba su hombro. No había previsto la longitud de sus piernas ni la suavidad de la piel de sus muslos. Había evaluado su cuerpo como lo haría un médico, pero la deseaba como un hombre.

Así que antes de levantar la camisa que le cubría el trasero, sabía que definitivamente sería mía. Margarita de rodillas, su trasero en el aire y los pliegues de su vagina visibles, fue el espectáculo más increíble. Ella era la sumisa perfecta y no permitiría que otra persona la viera como yo la veía. Nadie más la tocaría, la convencería ni le daría un color rosado brillante.

Me moví en la silla de montar al recordar sus jugos deslizándose por sus muslos, la prueba física de que anhelaba someterse...a mí.

"Me imagino que cualquier hermana que se case a continuación no tendrá más remedio que casarse en una iglesia con una ceremonia extensa", dijo, su voz amortiguada por su bufanda gruesa.

La charla de Margarita sobre sus hermanas hizo que mis pensamientos volvieran al presente. "¿Ah?"

"Rosa y Chance fueron casados por el alguacil de Clayton. Jacinta, casada en la iglesia, lo hizo de improviso. Dalia se casó en Carver Junction. Soy la cuarta chica en casarse apresuradamente, la tercera en casarse sin un miembro de la familia presente".

"Parecían contentas. En última instancia".

"Te llevaste la peor parte de su ira. Lo siento por eso", dijo.

"Me consideran demasiado ansioso en lo que a ti respecta".

Margarita se movió en mi regazo y la apreté más fuerte. Si se movía más, detendría al caballo y la llevaría a la nieve. O no reconocía que mi pene estaba presionando su trasero, las capas de nuestra ropa de abrigo lo escondían, o no tenía idea de lo que estaba sintiendo.

"Sabían que estaba interesada en ti. Creo que eso ayudó a tu causa, que tu...deseo era recíproco".

Una vez que supieron que Margarita estaba bien y a salvo, comenzaron a burlarse de cómo me había seguido como un cachorro. Azucena había usado esa frase. Caléndula había dicho que Margarita había ido a la ciudad a buscar provisiones un poco más desde que yo llegué que en toda su vida. La Srta. Esther sólo había dicho que lo sabía todo. Esto, ciertamente lo creí. La mujer era muy astuta. La Srta. Trudy me valoraba de una manera más reservada, pero debía conocer los sentimientos de Margarita, pues dudaba que me dejara llevármela de lo contrario.

Aunque ella era la más tranquila de las dos madres, no dudé que la Srta. Trudy sería la que me dispararía y alimentaría con mi cuerpo a los cerdos si la situación lo ameritaba.

"Aprendí bastante de tu familia".

Volteó la cabeza para poder mirarme. "¿Ah?"

"Tu interés en mí. No me di cuenta de la magnitud de ello".

"Me hicieron parecer loca", murmuró ella.

"Cuando hay atracción, la gente a menudo pierde un poco la cabeza". Dudaba que Margarita estuviera enamorada de mí, pero flechada era bastante propio. Muchos hombres se habían casado por menos.

"¿Y tú?", preguntó.

Cabalgamos hasta la ciudad. La luz suave brillaba desde las ventanas de la casa, el olor a humo provenía de las chimeneas.

"¿Yo?"

"¿Cuál es la profundidad de *tu* interés?" Su voz era más suave y sonaba un poco vulnerable. No podía culparla.

La atraje hacia mí mientras movía mis caderas. "¿Sientes eso, cariño? Ese es mi pene y está muy duro". Hablé cerca de su oído. "Está duro para ti. Aunque mi mente tiene que acostumbrarse a tener una novia—he estado soltero durante bastante tiempo—mi cuerpo está muy contento con la idea. ¿En cuanto a la profundidad de mi interés? Lo descubrirás muy pronto. Voy a enterrar mi pene tan profundo en esa vagina virgen tuya que no volverás a cuestionarlo".

Tal vez fue la sensación de mi pene o la crudeza de mis palabras, pero el cuerpo de Margarita se endureció frente a mí. Mientras cabalgábamos hasta la casa, esperaba con ansias follarla por completo.

5

MARGARITA

EL DOCTOR JAMES—ETHAN—ENCENDIÓ el fuego en la estufa de la cocina y en la estufa de hierro fundido de la sala, luego me dejó para atender al caballo. La casa estaba bastante fría, ya que había estado desatendida durante varios días, así que me quedé con mi ropa de exteriores hasta que se calentó. Había estado en su oficina antes, pero nunca en su residencia. Era pequeña y bastante espartana, aunque el hombre era—había estado —soltero y se había mudado recientemente a la ciudad.

Me senté en la silla de la esquina y miré la cama. La tranquilidad me dio tiempo para pensar, porque en casa —no, esa ya no era mi casa—todas me habían abrazado y llorado encima de mí, y estaban igual de emocionadas y asombradas de que me hubiera casado con el doctor. No había tenido un momento para pensar. Me mordí el labio preocupada de que Ethan se arrepintiera de su decisión, de que su honor se convirtiera en un compañero de cama fría, pero cuando me habló de su...pene y de lo que planeaba hacerme, esperé que tal vez estuviera equivocada.

A pesar de que hacía frío en el dormitorio, me desabroché el abrigo. Pensar en el pene de Ethan me tenía sobrecalentada. Mis pezones se apretaron debajo de mi corsé y esa humedad reveladora entre mis piernas regresó. Ni siquiera me estaban regañando o azotando.

Escuché a Ethan entrar en la casa. Después de un momento, entró en el dormitorio y colocó la bolsa que había empacado justo dentro de la puerta. "¿Por qué estás sentada en la oscuridad?"

Se volvió y encendió la lámpara junto a la cama. El suave resplandor amarillo hacía que la habitación pareciera menos sombría, menos amenazadora. Quizás era el tamaño de Ethan y cómo llenaba el espacio. Se había quitado su abrigo y sus botas. No contesté, porque no creí que esperara una respuesta.

Señaló mi bolso. "Tus cosas, sin embargo, no las necesitarás de inmediato".

"¿Ah?", pregunté, mirando la pequeña bolsa, todo lo que tenía aquí por mi cuenta. La inmensidad de lo que había ocurrido era como un gran peso sobre mí. Estaba casada. Era la Sra. Ethan James. Estaba en una habitación con él y nadie iba a cuestionar nada de lo que hiciéramos juntos.

Volvió su cabeza y vi una intensidad oscura en sus ojos.

"Estarás desnuda".

Tragué saliva. Había estado desnuda con él antes e incluso me había dado azotes. En ese momento fue inesperado. Ahora sabía—en su mayoría—lo que se avecinaba. Bueno, parcialmente. La Srta. Trudy había compartido lo que pasaba entre un hombre y una mujer cuando yo era mucho más joven, pero en ese momento no le había creído. La expresión gráfica de Ethan de lo que iba a hacer con su pene confirmó sus palabras, pero no proporcionó los detalles que seguramente faltaban.

Me lamí los labios. "Ethan, yo...tengo miedo".

"No creí que tuvieras un hueso asustado en tu cuerpo". Se sentó en el costado de la cama, el colchón sumergiéndose bajo su peso. "Ven aquí", murmuró. Aunque su tono era suave, tenía ese borde de acero que reconocía. Me levanté y me moví para ponerme de pie ante él.

Una mano se enganchó alrededor de mi cintura y me atrajo hacia sus rodillas separadas.

"¿Tienes frío?", preguntó. Nuestros ojos estaban al mismo nivel y vi preocupación allí.

Negué con la cabeza.

"La casa se calienta rápidamente". Me quitó el abrigo de los hombros y lo enganchó en el estribo de acero. "¿Sabes lo que pasa cuando se consuma un matrimonio?"

Me lamí los labios otra vez. Sus ojos bajaron para ver la acción pero volvieron a sostener mi mirada.

"Me quitarás la virginidad".

"¿Cómo?"

Mis ojos se abrieron de par en par. "¿Quieres que lo diga?"

"Sí".

"Pondrás tu... tu—"

"Pene".

Cerré los ojos. "Pondrás tu pene dentro de mí".

"Pondré mi pene dentro de tu vagina. Dilo".

Arrugué la cara, avergonzada por las palabras groseras. "Pondrás tu pene dentro de mi vagina", dije apresuradamente.

"Abre los ojos. Buena chica. Me gustaría intentar algo".

Sus manos se movieron hacia los botones de mi cuello y aspiré un poco de aire y traté de alejarme. Una cosa era estar ya completamente desnuda para él, pero otra muy distinta era quedarme quieta y permitirle que lo hiciera.

"¡Ethan!", grité, cubriendo sus manos con las mías.

"Pon las manos a los lados". Su voz perdió ese toque de suavidad e hice lo que me ordenó sin pensarlo. Ethan bajó las manos y se las puso en los muslos. "Vas a desabrochar los botones de tu vestido, Margarita, y yo voy a mirar. No te demores o te castigaré".

Su acento se engrosaba cuando era severo. Un escalofrío bajó por mi espina dorsal ante la mirada oscura en sus ojos, la rigidez de que no toleraba réplica en su espina dorsal.

Levanté mis manos lentamente, esperando que me regañara, pero no lo hizo. En vez de eso, observó como yo desabrochaba un botón tras otro hasta que se completó la larga línea.

"Quítate el vestido".

No pensé, solo obedecí, hasta que la tela estaba tendida alrededor de mis tobillos.

La comisura de su labio se elevó y fue lo más parecido a una sonrisa que había visto. Sus nudillos me acariciaron la mejilla. "Buena chica. Ahora sé cómo proceder".

"¿Lo...lo sabes?" Sentí que mis pezones se tensaban debajo del corsé y crucé los brazos sobre mi pecho, pero un arco de las cejas oscuras de Ethan me hizo dejarlos caer a los lados de nuevo. Su alabanza y simple caricia hizo que todos mis temores se aplacaran. Yo lo complacería.

"Quieres que tome el control".

¿Lo quería? Era una mujer asertiva, atrevida incluso, pero cuando Ethan me guiaba, me instruía, me elogiaba, me sentía... completa. Cuando fruncí el ceño, me explicó.

"Cuando empecé a desabrochar los botones de tu vestido, estabas avergonzada y temerosa. Fue porque sabías que podías decir que no, y lo hiciste. Pero cuando te *dije* qué hacer, cuando aproveché tu oportunidad para que te alejaras, hiciste lo que te dije. Impacientemente".

"Yo no diría impacientemente", contesté frunciendo el ceño.

Golpeteó la punta de mi nariz con su dedo. "No te quitaste el vestido impacientemente, hiciste lo que ordené impacientemente. Hay una diferencia".

Mis dedos jugaron con la parte inferior de mi blusa. "No lo entiendo".

"A pesar de que querías quedarte con tu vestido puesto, hiciste lo que yo quería porque sabías que me complacería".

"¡Dijiste que me castigarías si no lo hacía!" Le contesté, frustrada.

Inclinó la cabeza para mirarme a los ojos. "¿Cómo te castigaría?"

Miré hacia el suelo. "Dándome azotes".

Asintió. "Sí, y de otras maneras, también".

Mis ojos se fijaron en los suyos y mi boca se abrió. ¿Otras maneras?

"Después de tu último azote estabas mojada. A tu cuerpo le gustó. Cuando tu cuerpo encuentra placer en el acto, apenas es un castigo".

Aparté la mirada, avergonzada, pero no antes de ver la comisura de su boca inclinada hacia arriba.

"No debería gustarme", murmuré.

"No hay vergüenza en los deseos de tu cuerpo". No me sentí nada menos avergonzada. "¿Te haría sentir mejor que yo también me excitara con los azotes?"

"¿Lo estabas?", le pregunté. No podía ocultar la sorpresa en mi voz. "Eres tan...controlado".

"Mmm. Me excita ser *muy controlador* contigo, Margarita Lenox James. ¿Tiene sentido eso?"

"¿Dices que necesito que alguien se haga cargo y tú necesitas que alguien obedezca?"

Asintió. "Que se someta a mí. Sí".

Aunque todavía me sentía avergonzada de que me gustaran los azotes, no era tan terrible saber que Ethan también los disfrutaba. Quería *darme* uno tanto como yo quería recibirlo. Ansiaba la atención, la concentración que ponía en mí. Si me estaba corrigiendo, eso significaba que me tenía en la primera línea de sus pensamientos.

"Suficiente con eso por esta noche. Creo que las acciones te harán estar de acuerdo conmigo mucho mejor que cualquier otra cosa que pueda decir".

"Pero—"

"Dame tu pie".

Hice lo que me dijo, levantándolo en su mano. Lo colocó sobre su muslo y desabrochó los cordones de mi bota, luego se la quitó. Después de ponerlo en el suelo, dijo: "El otro, por favor".

Quitó la segunda bota, pero me sujetó el tobillo. Le agarré los hombros con las manos para mantener el equilibrio. No pude evitar sentir sus músculos duros a través de la chaqueta de su traje.

Su mano se deslizó por mi pantorrilla y por la cinta rosa en la parte superior de mi media de lana gruesa. Tomé un poco de aire mientras su pulgar acariciaba mi muslo desnudo justo por encima del borde.

"Estas se van a quedar puestas".

Siguió moviendo su mano hasta que llegó al borde de mis calzoncillos, luego aún más hasta que encontró la cinta de ellos en mi cintura. "Estos, sin embargo, se irán".

Después de un rápido tirón, sentí el algodón caer antes de que Ethan los bajara. Con mis piernas como estaban, los calzoncillos no se fueron muy lejos. Dos manos grandes sobre el delicado material lo desgarraron por las costuras. "Me complacerá si ya no usas calzoncillos". Otro tirón, luego uno más e Ethan me los había quitado. Cuando sentí aire en mi núcleo de mujer, traté de bajar la pierna. "No".

Me quedé inmóvil ante esa única palabra, pero mis dedos se mantuvieron firmes sobre sus hombros. Mi blusa me cubría hasta la mitad del muslo y a pesar de que me sentía expuesta, él no podía ver la parte más íntima de mí.

Mientras abría las cintas de mi corsé, dijo: "¿Tienes idea de lo hermosa que eres?"

Mis ojos se abrieron de par en par ante su confesión y una emoción me atravesó. Me sentí como si estuviera en un columpio, empujada hacia arriba.

"Te vi en la distancia una o dos veces, pero cuando Oso Rojo se enfermó en la mercantil, fue la primera vez que pude ver las pecas en tu nariz".

Puse una mano sobre las marcas ofensivas.

Agitó la cabeza, su mirada acalorada mirando fijamente la mía.

"Tus ojos son tan oscuros", murmuró, sus ojos casi

traspasándome. "Juro que nunca antes había visto pestañas tan largas. Las otras damas tenían un alboroto sobre Oso Rojo. Tenían miedo de él, quizás incluso estaban molestas por el inconveniente de que se desmayara ante ellas. Tú, sin embargo, estabas tan tranquila como era posible. Cortés. Inteligente. Le diste la compresa fría y una taza de agua".

"Pensé que le refrescaría y que podría estar demasiado sediento por el calor".

"Pensaste correctamente, cariño. Supe entonces que eras más que una chica guapa".

"Soy una intelectual y lo sabes. No podía esconder los libros en mi habitación".

"Hermosa e inteligente. Tú...me intrigaste desde el principio".

Exhalé cuando la última cinta fue liberada e Ethan dejó caer el corsé al suelo. La habitación estaba bastante caliente ahora, incluso casi desnuda como estaba, el fuego se acumuló fuertemente para resistir las horas de la noche.

"¿Lo hice?"

"Me intrigaste más cuando viniste a la ciudad con Jacinta. Me puse duro cuando te pregunté por tu sombrero".

"¿Duro?", pregunté, arrugando mi frente.

"Mi pene se puso duro. Me excitó la expresión en tu rostro. No fue enojo o arrepentimiento. Fue asombro".

Incliné la cabeza. "¿Asombro?"

Su mirada bajó a mi cuerpo. Sabía que mis pezones

estaban duros y que ya no estaban protegidos por mi corsé. Ethan no pudo evitar verlos. Sus manos agarraron mi cintura, sus pulgares acariciando mi vientre a través de la blusa delgada.

"Ahora veo claramente que llené un lugar vacío dentro de ti en ese momento, ¿no es así? Por eso empezaste a observarme, a seguirme".

Me mordí el labio y luego asentí. Me había ofrecido la atención que deseaba. ¿Cómo, en una casa llena de mujeres, me había sentido perdida e ignorada? Sólo unos pocos momentos del tiempo de Ethan y me sentía especial.

"Debí haber reconocido esta necesidad que tenías antes. Lo supuse, pero no conocía su profundidad hasta ahora. Si lo hubiera hecho, quizás habría hecho algo diferente y entonces no habrías terminado en el río. Por eso, lo siento".

"No es tu culpa, Ethan. Tenías razón, tú llenas esta...necesidad en mí". Si me iban a desnudar, tal vez era hora de hacer lo mismo con mis emociones también.

"Bien. Ahora voy a llenar otro lugar dentro de ti. Ahora mismo".

Antes de que pudiera siquiera pensar en sus palabras, agarró el dobladillo de mi blusa y lo levantó sobre mi cabeza, mi trenza quedando atrapada en la tela, y luego cayendo contra mi espalda.

"¡Ethan!" Comencé a jadear y mis ojos se abrieron de par en par. ¡Estaba desnuda!

Me agarró las muñecas con firmeza. "Margarita".

Ese fuerte agarre cambió mis pensamientos. Luché contra el agarre y no pude escapar. Ethan tenía el control. Sólo ese pensamiento calmó mi ligero pánico y me encontré con su mirada fija.

"Ahora me perteneces. Tu cuerpo me pertenece". Se detuvo y me quedé quieta. "Nunca te lastimaré, nunca dejaré que nadie te lastime. Diablos, no dejaré que nadie más te *toque*. Seré el único hombre que te vea de esta manera. Mientras haces lo que te pido, te garantizo que te complaceré. Haz exactamente lo que yo quiera y te juro, cariño, que te daré exactamente lo que necesitas".

Escuché sinceridad en su voz. También escuché el borde áspero, sentí su apretado agarre. En lugar de sentirme atrapada, me sentí protegida. Era como si en sus brazos, bajo el mando de su voz, pudiera liberar cada pensamiento o preocupación e Ethan se hiciera cargo, tomara el control. No tenía idea de por qué mi humedad se deslizaba por mis piernas, pero Ethan sí. No sabía por qué lo había seguido como un cachorro, ansiosa por sus elogios. Ethan lo sabía.

Tenía que confiar en eso, así que le susurré: "Está bien".

"Buena chica".

Me soltó y di un paso atrás, mis senos se balancearon y mis pezones se tensaron aún más.

Cuando se puso de pie, di un paso más, porque era tan grande que me sentí apretada. Incluso su olor me envolvía. "A la cama".

Me moví alrededor de él y puse una rodilla sobre la

manta, luego me arrastré hacia el centro, pero cuando me di cuenta de que podía ver mi trasero, y tal vez mi núcleo de mujer, me senté rápidamente, metiendo mis piernas por debajo de mí. Colocando la mano en el muslo opuesto, me protegí los senos de alguna manera.

Ethan me observó moverme mientras se quitaba la camisa, luego comenzó a desabrocharse la hebilla de su cinturón y el cierre de sus pantalones. Suspiró cuando metió la mano y sacó su... ¡oh, Dios mío!

Mi boca se abrió y miré su...miembro con los ojos muy abiertos.

Era más oscuro que su ya bronceada piel, más bien de un rojo rubicundo. Las venas gruesas pulsaban a lo largo y tenía una corona ancha. Había un pequeño agujero en el centro y ante mis ojos una pizca de fluido claro se filtraba de él y se derramaba por un lado.

"Por la mirada en tu rostro podría adivinar que nunca antes has visto un pene".

Su mano agarró la base de este y luego lo acarició por toda su longitud. ¿Acaba de crecer aún más?

Negué con la cabeza, mientras mis paredes internas se cerraban ante la posibilidad. "Dudo que eso quepa".

Sonrió y su cara se transformó. Las líneas duras desaparecieron. En su lugar había líneas de risa en las esquinas de sus ojos y un hoyuelo en su mejilla derecha. "Cariño, ya estás en mi cama y tengo la mano en mi pene. Ya no hay necesidad de halagos".

¿Halagos? No fueron halagos los que me hicieron

decir las palabras, sino miedo. Seguramente me partiría en dos.

"No te preocupes, me rogarás que te meta mi pene dentro de ti. No lo haré hasta entonces, ¿de acuerdo?"

Sólo seguí mirándolo con recelo.

"Ve a un lado de la cama". Señaló con su dedo y me acerqué más al borde. "Bien, ahora acuéstate de espaldas. Sí, así".

La manta estaba fría, pero suave contra mi piel desnuda. Se cernió sobre mí, su pecho ancho, su cintura estrecha y su pene erguido desde la abertura de sus pantalones para curvarse hacia su ombligo. Parecía tan potente y poderoso conmigo tendida ante él.

Inclinándose hacia adelante, tomó mis tobillos en sus manos y los colocó en el borde mismo de la cama. Fue cuando él las amplió cada vez más y más que cerré los ojos. Sabía lo que podía ver claramente por primera vez. A pesar de que crecí en un hogar de diez mujeres, había visto los cuerpos de otras mujeres innumerables veces. Sin embargo, eso no disminuyó la preocupación de que Ethan pensara que me faltaba algo. ¿Era normal ahí abajo? ¿Otras mujeres se ponían húmedas y resbaladizas cuando pensaban en un hombre intrigante? ¿Y si no complacía a Ethan?

No me soltó los tobillos como esperaba. En vez de eso, se arrodilló en el suelo entre ellos. Observé mi cuerpo y él me estaba mirando...allí. Sus ojos se entrecerraron, su mandíbula se apretó y respiró profundo.

Poco a poco, levantó los ojos hacia los míos y jadeé.

Nunca antes había visto una mirada tan oscura y depredadora.

"Bonita como una foto, cariño". Sus palabras me tranquilizaron y me relajé, ligeramente. Pero cuando dijo: "Vamos a ver a qué sabes", volví a ponerme rígida.

"¡Ethan!" Grité, pero no pude hacer nada con su firme agarre que me mantenía abierta e inmóvil.

Lamió la juntura de mi sexo, suave y lentamente, una y otra vez y mis caderas se movieron. Nunca había sentido algo así antes. Era caliente e intenso y muy, muy suave. Se sentía como si mi sangre se hubiera calentado y fluyera caliente y espesa por mis venas.

"Shh", canturreó. Soltando su agarre de mis tobillos, puso sus manos en la parte interior de mis muslos y levantó la cabeza para mirarme. Su tacto era suave en contraste con sus palabras.

"Mantén los pies donde están, cariño. Voy a llevarte a tu primer clímax. Sería una lástima si tuviera que castigarte en su lugar".

No sabía de qué estaba hablando, pero si planeaba volver a ponerme la boca encima, no me importaría demasiado. Se sentía demasiado bien para hacer otra cosa que no fuera obedecer. Bajó la cabeza una vez más, pero esta vez usó sus pulgares para rozar mi carne sensible, separándola, abriéndome para él.

"Ya está, mira eso".

No sabía lo que *eso* era, pero la reverencia en su voz era evidente. Parecía estar contento con lo que veía. Sacó su lengua. "Tu vagina sabe tan bien y está tan madura como un melocotón de Georgia. Este aquí es tu clítoris".

Lamió sobre un pequeño lugar que me hizo gritar ante el intenso placer del mismo. Había estado siguiendo sus palabras, preguntándome sobre la parte del melocotón cuando ese pensamiento, y todos los demás, desaparecieron de mi mente. Me concentré únicamente en su lengua y en lo que estaba haciendo.

Mis manos agarraron su cabeza, mis dedos se enredaron en su cabello.

"Hazlo de nuevo", le pedí.

Levantó la cabeza y me sonrió, su boca reluciente. "Mandona, ¿no?" Cuando guiñó el ojo, supe que estaba bromeando. "¿Te gusta cuando lamo tu clítoris?"

No lo dudé. "Sí".

No respondió, sólo regresó a este con vigor. En cuestión de segundos, estaba moviendo mis caderas, pero sus manos me sostuvieron firmemente. Al principio su lengua permaneció únicamente en mi...clítoris, pero luego se movió hacia abajo e hizo círculos en mi entrada virgen, sumergiendo la punta de la misma en su interior.

"¡Ah!" Mis paredes internas se apretaron, mis piernas empezaron a temblar.

Incliné mi cabeza hacia atrás y cuando su boca volvió a chupar y lamer mi clítoris una vez más, mis ojos se cerraron. Se sentía demasiado bien para resistirme, para luchar. Lo que Ethan me estaba haciendo era algo que nunca imaginé. No sólo la idea de tener la cara de un hombre entre mis piernas, sino el placer que la acción arrancaba de mi cuerpo.

Me estaba costando trabajo respirar y empecé a jadear. Aunque el placer había sido notable antes, ahora creció y creció hasta el punto en que me asustó. De repente era demasiado. "Ethan, yo... esto es... ¡no sé qué hacer!"

Gruñó y sentí las vibraciones de su voz contra mi carne sensible. "No tienes que hacer nada, cariño. Sólo ríndete y yo me haré cargo de ti".

"Pero—"

"¿Sientes mis manos?"

Una mano agarró la parte interna de mi muslo, la otra se movió de modo que sólo la punta de un dedo se deslizó sobre mi carne resbaladiza.

Asentí, mi cabeza presionando contra la cama.

"Te tengo. Estás a salvo. Imagina que estás colgada de un acantilado y déjate llevar".

6

*M*ARGARITA

SENTÍ su aliento en mi clítoris y latió justo antes de que su boca regresara. No cedió en su atención, empujándome cada vez más hasta que estaba, como él dijo, al borde de un acantilado. Un movimiento más de su lengua y seguramente me caería. ¿Qué pasaba ahora?

"¡Ah!"

Tenía que confiar en Ethan, en que él me atraparía. Frotó su lengua sobre mí de tal manera que me solté y caí, caí en el placer que palpitaba y se filtraba de cada centímetro de mi piel. Mi clítoris fue el epicentro de las sensaciones y se extendió por todo mi cuerpo. Me hormigueaban los dedos de los pies, mis mejillas estaban ruborizadas, mis pezones apretados. A través de todo esto, sentí las manos de Ethan sobre mí, su lengua deslizándose suavemente sobre mí hasta que estaba repleta. Entonces, en vez de estar tensa y nerviosa, me sacié y me volví laxa como si mis huesos se hubieran derretido. Era como si me hubiera sacado toda la energía del cuerpo de la forma más deliciosa.

"¿Qué fue *eso*?", le pregunté, soltando su cabello y poniendo mi mano sobre mi vientre.

Ethan levantó su cabeza, se limpió la boca con el dorso de la mano. "Se llama orgasmo. Hay otras maneras de describirlo. Llegaste al clímax. Te viniste. Duro, por tu aspecto".

Sus ojos me recorrieron y creo que me quitó la modestia con el clímax.

Sonreí. "Me gustó".

Levantó una ceja. "¿Simplemente te gustó? Podemos hacerlo mejor que eso".

Mis ojos se abrieron de par en par. "¿Podemos hacerlo de nuevo?"

Murmuró su asentimiento mientras se cernía sobre mí, sus manos a cada lado de mi cabeza. Su nariz casi roza la mía. "Una y otra vez. Primero quiero besar a mi esposa".

Sus labios rozaron los míos, suavemente, casi dulcemente. Una vez, dos veces, luego lo profundizó. Inclinó la cabeza y mi boca se abrió en un suspiro. Su lengua se metió en mi boca y encontró la mía. Esto no era un beso; era un asalto a mis sentidos. Estaba abrumada. Sabía a menta y a algo dulce—¿era así como yo sabía allá abajo? Inhalé su aroma, oscuro y picante, cada vez que podía recuperar el aliento. Me estaba calentando de nuevo, mi cuerpo casi ansioso por más de su boca. Esta vez me estaba excitando, llevándome al clímax con sólo un beso.

Besándome desde la mandíbula al oído, me susurró: "Voy a hacerte venir otra vez. ¿Recuerdas cuando dije que sólo pondría mi pene dentro de ti cuando me lo suplicaras?"

Lamió alrededor de mi oreja y gemí.

"Tomaré eso como un sí. Dame un minuto, cariño, y estarás suplicando".

Su gran mano acarició mi vientre mientras me besaba por el cuello, más y más abajo hasta que se llevó mi pezón a la boca. Mientras tiraba de este y lo recorría con su lengua, su mano se sumergió entre mis muslos. Mis rodillas se levantaron y apreté sus costados.

Sus dedos me frotaron, luego me separaron, y luego hicieron círculos en mi entrada. No podía pensar mucho en ello porque su boca estaba haciendo cosas muy decadentes en un seno y luego en el otro. Alternaba entre ellos, las puntas volviéndose resbaladizas y duras y muy, muy sensibles.

Mis manos volvieron al cabello de Ethan una vez más, sujetándolo en su lugar para que no detuviera sus atenciones. Cuando su dedo se deslizó dentro de mí, grité y me apreté. Era la primera vez que tenía algo que agarrar con mis músculos internos y quería más. Aunque su dedo era grueso y ciertamente me estaba estirando, no era suficiente. Quería más. Más grande. Más profundo. Entró e hice una mueca de dolor, el dolor de su tacto me hizo jadear.

Su cabeza se levantó y me miró, con el dedo todavía muy profundo. Sus labios estaban rojos y resbaladizos e imaginé que los míos estaban hinchados, porque sentía un hormigueo por sus besos. "Esa es tu himen, cariño. Me pertenece a mí. ¿No es así?"

El grueso dígito retrocedió lo suficiente para que ya no fuera doloroso y rozó un punto que me hizo arquear la espalda, presionando mis talones en el colchón.

"¡Sí!", grité. Si quería mi himen, podía tenerlo. Le daría cualquier cosa en este momento, porque quería lo que él me había dado antes. Tenía muchas ganas de llegar al clímax.

"Hay un lugar especial. Puedo acariciarlo con mi dedo...así". Lo hizo y jadeé. El sudor salía de mi piel. "O podría acariciarlo con mi pene. Se va a sentir tan bien, ¿no?"

La idea de su pene, tan grande y grueso, llenándome y esa cabeza ensanchada golpeando el punto sobre el que se deslizaba con su dedo me hizo agarrar los lados de su cabeza y tirar de él hacia arriba para que me mirara.

Sonrió. "¿Sí, cariño?"

"Por favor", le supliqué, tal como él dijo que haría.

"¿Quieres mi pene dentro de tu vagina apretada? ¿Quieres que te estire y te abra toda?"

Gemí, porque la idea y sus palabras oscuras me tenían desesperada. Su dedo no cedió y me estaba acercando cada vez más al acantilado que había mencionado antes, pero no lo suficientemente cerca como para caerme. Tal vez me estaba torturando, haciéndome rogar a propósito. No me importaba. No importaba de quién fuera la idea de que su pene me llenara, porque quería lo que me estaba dando.

"Dámelo", suspiré.

Sus ojos se oscurecieron y su dedo se salió de mi cuerpo.

"¡No!", grité.

"Shh", me calmó. En lugar de sus dedos contundentes, sentí algo cálido y muy amplio en mi entrada, sondeando y resbalando sobre mi humedad. "Tu himen está apretado. Mi pene lo va a romper, cariño, y te va a doler".

Me puse rígida e intenté cerrar las piernas, pero solo agarré sus costados más fuertemente.

"Sólo mientras se rompe, prometo que lo haré todo mejor. Estás empapada, así que me voy a deslizar por completo".

Ahora sabía para qué era mi humedad. Era para facilitar la entrada de su pene y me alegré por ello. Sus caderas se movieron y su pene separó mis tejidos vírgenes, estirándome, abriendo mis labios inferiores para que se curvaran alrededor de él.

Su mandíbula se apretó mientras se movía lentamente dentro de mí, poco a poco, y luego retrocedió hasta que lo sentí chocar contra mi himen. Estaba jadeando ahora, tratando de relajarme a través de la quemadura de estar llena. Empujé sus hombros, porque aunque lo quería dentro de mí, también estaba tratando de mantenerlo afuera.

"Veamos si te gusta esto".

Puso su mano entre nosotros, su pulgar rozando mi clítoris y haciendo círculos lentamente. Esa atención extra hizo que mi cuerpo se suavizara para él y suspiré de felicidad y placer. Me cegó a lo que estaba a punto de hacer, porque reconocí la sensación que su pulgar estaba dando vida, como agitando brasas resplandecientes a un fuego rugiente. Fue sólo cuando levanté mis caderas que avanzó, empujando a través de mi barrera de un solo golpe suave hasta que estuviera completamente introducido.

Me puse rígida y empujé sus hombros una vez más, el dolor era agudo, la plenitud de él dentro de mí abrumadora. "Es demasiado", jadeé.

La mano de Ethan agarró mi cadera mientras se mantenía quieto. Me rodeó, me consumió. Si esto era así, como se sentía copular con un hombre, hacer un bebé, entonces tuve que cuestionar la lógica de mis hermanas.

"Muy bien. Puedes, um...salirte ahora".

El aliento de Ethan me ventiló el hombro mientras dejaba caer la cabeza. Cuando la levantó para mirarme, vi sudor cubriendo su frente, su mandíbula apretada fuertemente. "¿Por qué querría hacer eso, cariño? Acabo de entrar en ti".

"Porque hemos terminado. Yo...te tomé y ahora se acabó".

Sonrió. "¿Acabado? Acabamos de empezar".

"¿Quieres decir—?"

"Lo que hemos estado haciendo, eso fueron juegos preliminares. Esto—" Movió sus caderas y su pene se movió. Mis ojos se abrieron de par en par ante la chispa sorprendente. "—es follar. Por la forma en que te has venido con mi boca, estoy seguro de que te va a gustar".

Otro ligero movimiento hizo que mis ojos se ensancharan. "Ah", suspiré.

"Pon tus piernas alrededor de mi cintura, cariño. Te voy a montar". Levanté mis piernas y él enganchó una, luego la otra alrededor de su espalda. "Buena chica".

Me sacó su pene para que sólo quedara la cabeza ensanchada adentro. Se apoyó en su antebrazo para que su cara estuviera cerca de la mía. Apartando el cabello de mi frente, dijo: "Montar a caballo es agradable a un ritmo lento, pero es emocionante cuando empujas al animal con fuerza. ¿Verdad?"

Fruncí el ceño ante la extraña pregunta, así que sólo asentí.

"Entonces prepárate para una emoción".

Se volvió a meter dentro de mí y me quitó el aliento. Al retirarse, me tomó con fuerza una y otra vez.

Cuando mis dedos se clavaron en sus hombros esta vez, no fue para empujarlo, sino para sujetarme. Sus caderas presionaron las mías contra el colchón, su pecho frotó mis senos y provocó mis pezones duros. Su pene...

oh, su pene se frotó sobre lugares dentro de mí que se sintieron tan bien que arrojé la cabeza hacia atrás y mis ojos estaban cerrados. Escuché sonidos de suspiros y me di cuenta de que era yo quien los estaba haciendo. Se frotó contra mi clítoris con cada empuje y quizás el doctor tenía habilidades mágicas, pero sabía exactamente cómo arrancar el placer de mi cuerpo. Como me había hecho venir antes, ahora sabía cómo sería, pero esto, esto era un poco diferente. Estar tan llena, la forma en que se frotaba contra mis paredes internas sensibles, la forma en que empujaba mi clítoris, incluso mientras era casi rústico, me tenía al borde de mi placer.

"Sí, ah Ethan, se siente bien".

Sonidos de carne chocando llenaron la habitación. Esto no era muy limpio. No era aseado. Era mojado y carnal y oscuro y definitivamente salvaje. Ethan me estaba follando con abandono, perdido por su propio placer y saber que podía ponerlo de esta manera me empujó al límite.

Grité mi liberación mientras él seguía follándome. Mis caderas se elevaron para tomarlo más profundo, queriendo más. Sus movimientos se volvieron espasmódicos y empujó profundamente una vez, luego dos veces, antes de sostenerse profundamente dentro de mí.

Su gemido rasgado no fue de dolor, sino de intenso placer y sentí el calor palpitar en mi interior. Con su frente presionada contra la mía, nuestras respiraciones entrecortadas se entremezclaron.

"¿Estamos...ya se acabó?", susurré.

Ethan me besó la frente antes de salir lentamente.

Siseé un poco ante el vacío, ante la sensación de que un fluido caliente se derramaba de mí. Sentado de cuclillas, miró mi entrepierna casi reverentemente. Con un dedo, acarició mi carne hinchada y luego lo levantó. Antes me había mostrado mi humedad, mi propia excitación, pero esta vez era grueso y blanco, teñido de rosa.

"Mi semen, tu sangre virgen. Me estoy poniendo duro otra vez".

Me subí sobre mi codo, miré su pene. No vi ninguna diferencia en el tamaño, sólo que también estaba resbaladizo con nuestros fluidos combinados. ¿Su pene siempre era así de grande? ¿Cómo era capaz de andar por ahí? ¿Cómo es que nunca lo había notado a través de sus pantalones?

"¿Eso significa...?"

"Eso significa que ver la vagina de mi mujer goteando con mi semen es excitante. Creo que haré que me muestres tu vagina desbordante después de cada follada".

La idea debería haber sido cruda y sucia, pero en cambio fue bastante embriagadora. *Yo* había hecho que Ethan estuviera tan ansioso. *Yo* lo había excitado tanto que gastó su semen. *Mi* cuerpo era tan placentero para él que quería mirarlo de una de las maneras más básicas. Con mis piernas atrapadas a cada lado de su cuerpo, estaba completamente expuesta a él, toda hinchada y reclamada. Pensaba que follar sería andar a tientas en la oscuridad, pero estaba lejos de ser así.

Ethan se paró lo suficiente para quitarse el resto de su ropa antes de retirar las mantas y colocarnos debajo de ellas. Me volteó para que le diera la espalda, y luego me arropó contra él, tal como lo habíamos hecho en la aldea india. "Duerme. Lo vas a necesitar".

 THAN

QUE ME LLAMARAN de mi cama en mi noche de bodas para coserle una herida en la cabeza a un hombre que había estado en una pelea en un bar no me hizo feliz. Por lo tanto, era lo mejor que el hombre ya se hubiese desmayado antes de que yo introdujera mi aguja en su piel. Yo no era ni gentil ni pulcro en mi trabajo. Estaba acostumbrado a la naturaleza aleatoria de mi profesión; no mantenía las horas normales de oficina como un banquero. Mi tiempo estaba a merced de los enfermos.

Quise ser médico desde que tenía trece años, el día en que mi madre y mi hermana fueron asesinadas por una pequeña banda de Yankees furiosos. Mi pueblo había sido quemado y destruido. Los que se habían quedado eran mujeres o niños demasiado jóvenes para luchar y tenían que soportar el peso de las acciones de los agresores. Yo no tuve el poder de salvar a ninguna de las dos. Era joven, pero reconocí de qué se trataba la guerra: del poder. Poder sobre otras personas. Los blancos son los dueños de los negros. Los Yankees aplastando el Viejo Sur hasta el olvido. Control total. No tenía ninguno...en ese momento.

Pero juré que nunca sentiría la misma desesperación, debilidad y falta de control que tuve entonces. Había ido a luchar para sobrevivir—el ejército me dio ropa y comida—no por una agenda política. Trabajé incansablemente para pagar la universidad y obtuve mi título de médico con un enfoque e intensidad nacidos de la tragedia. Aunque sabía que no podía salvar a mi propia familia, quizás podría salvar a otros que estaban tan oprimidos como nosotros estuvimos. Trataba a los pacientes sin prejuicios y casi me echaron del estado por ello. Los oportunistas del norte y el desorden del sur, incluso más de veinte años después del fin de la guerra, me motivaron a buscar una nueva vida en otro lugar. El Territorio de Montana era un nuevo comienzo para mí. Tenía una rutina, un patrón para mi día a día. Aunque a menudo era reordenado para ver a los pacientes, yo era el que estaba a cargo. La gente me escuchaba, seguía mis instrucciones.

Había mantenido todo ordenado hasta Margarita Lenox. Ella era la primera mujer que conocía con una mente intelectual, con el cuerpo de una puta de diez centavos escondido bajo vestidos muy modestos y el comportamiento de una joven imprudente.

Su mente me intrigaba. Su cuerpo me tentaba y me excitaba. Su comportamiento despertó cada una de mis necesidades de control. Al principio pensé que era una joven mimada, pero cuando vi la mirada ansiosa en sus ojos cuando le di un elogio simbólico de advertencia, reconocí a un espíritu afín. Necesitaba afirmar mi dominio y a su vez ella necesitaba someterse a este.

Lo daba por hecho, y en varias ocasiones lo verifiqué, pero Margarita necesitaría tiempo para reconocer sus verdaderas necesidades, para abrazarlas en lugar de avergonzarse. Estaba ansioso por mostrárselas. No tenía la intención de casarme, ciertamente no de la manera en que se produjo, pero quizás también me faltaba algo en la vida. Una cosa era tener una precisión despiadada sobre mi propia vida, pero me había faltado la oportunidad de dárselo a alguien.

Podía decirles a mis pacientes que tomaran su medicina, pero era su decisión final prestar atención a mis palabras. Le había dicho a Margarita que se pusiera un sombrero para protegerse del frío, pero no tenía autoridad sobre ella, no había manera de asegurar que escuchara mis palabras para su bienestar. Cuando estuvo a punto de morir, le di unos azotes en el trasero hasta conseguir un rosa brillante y ardiente por su negligencia, pero ya había aceptado que era mía. Si no cuidaba de ella misma apropiadamente, yo me aseguraría de que lo hiciera.

Después de colocar mi mochila en su lugar habitual junto a la puerta y lavarme las manos y la cara con el agua fría del lavabo de la cocina, agregué otro tronco a la estufa, y luego me desnudé mientras apreciaba a Margarita profundamente dormida sobre su estómago. Me arrastré a la cama de nuevo con cuidado para no despertarla. Por primera vez, mi cama estaba caliente. El olor fuerte de haber follado y el suave aroma de Margarita me envolvieron. Murmuró dormida mientras se daba la vuelta y ponía su cabeza sobre mi pecho, una pierna sobre la mía. Por un momento me quedé quieto, mi mano a solo un centímetro de su piel suave, sorprendido por su acción inconsciente. Fue en ese momento, el más oscuro de la noche cuando estaba seguro de que Margarita estaba a salvo en mis brazos que pude relajarme. Suspiré y puse mi mano sobre la piel de seda de su espalda baja. Cerré los ojos y dormí, quizás contento por una vez.

———

"Como tu esposa, debería tener tu desayuno listo para ti", dijo Margarita desde la puerta. Me volví al oír su voz, con la cafetera en la mano. Se había puesto su blusa, pero nada más. Tenía el cabello suelto por su espalda, los labios rojos y un poco hinchados por los besos. Sus senos estaban llenos y los pezones eran visibles a través de la fina tela. Podía ver una pizca del moretón en la curva superior. No había mucho de ella que yo hubiera descuidado la noche anterior.

Me había despertado con el sol y encendí el fuego, no quería que la casa se enfriara. El otro día no me hubiera importado la temperatura, pero ahora pensaba en la comodidad de mi esposa. Me había puesto los pantalones, pero nada más. Mi pene se endureció instantáneamente al verla y me ajusté.

"No necesito una esposa que cocine y atienda la casa", le dije.

Sus ojos cayeron al frente de mis pantalones. "¿No?"

Volví a poner la cafetera en la estufa y caminé hacia ella, colocando un mechón de cabello detrás de su oreja. "Tengo otras necesidades que requieren más de tu atención en específico".

Quizás fue el tono más suave de mi voz, porque se formó una pequeña sonrisa en sus labios llenos.

"¿Como qué?" Puso su mano en mi pecho y aspiré un poco de aire.

"Tal vez debería mostrárselo".

Se mordió el labio y asintió. Tomé su mano y la llevé a la mesa. Me senté y la subí a mi regazo. Sus ojos se ensancharon de sorpresa, pero se adaptó fácilmente. A pesar de que podía ser una inocente cuando se trataba de follar, no tenía miedo. Pasé las yemas de mis dedos sobre sus brazos desnudos. Su piel era tan pálida, tan suave. "¿Estás dolorida?"

Apartando la mirada, respondió: "Un poco".

Con mis pulgares, deslicé un tirante delgado de su

blusa de un hombro, luego del otro para que el material cayera y quedara atrapado en sus senos. Continué acariciando su piel. Sus brazos, sus hombros, su cuello, incluso sus mejillas acaricié. Su respiración se aceleró y pude ver el ritmo frenético de su pulso en su cuello.

Enganchando un dedo en la tela de su blusa, la empujé hacia abajo y cayó, suavemente, para acumularse alrededor de su cintura. "Quiero ver tus senos". Los cubrí en las palmas de mis manos, pasando mis pulgares sobre sus pezones, ahora duros y apretados. Por la forma en que arqueó su espalda y los empujó hacia mis manos, también estaban sensibles. "¿Crees que podría hacerte venir sólo por jugar con tus pezones?"

En un suspiro, sus ojos se cerraron. Comencé a tirar de ellos, pellizcándolos con los pulgares y los dedos índices. Sus caderas se movieron. No duraría mucho a este ritmo. Era demasiado receptiva y nueva para mí. No podría cansarme de ella y dudaba que eso cambiara durante bastante tiempo.

"Exploraremos esa posibilidad. Más tarde. Ahora, sin embargo, hay más de ti que necesito ver".

Agarrándola de sus caderas, la levanté de mi regazo. Tan pronto como se puso de pie, la blusa se deslizó sobre sus caderas y cayó al suelo. "Inclínate sobre la mesa".

Miró a la mesa y luego a mí. Cuando esperé, se giró e hizo lo que le pedí, pero siseó cuando la madera fría tocó sus antebrazos y su vientre. Las puntas de sus senos sólo tocaron la superficie dura. Posicionada como estaba, su trasero estaba en la posición perfecta para follar, pero había dicho que estaba dolorida.

"Buena chica", murmuré mientras agarraba la silla y la sacaba para poder sentarme directamente detrás de ella.

"¡Ethan!", gritó, poniéndose erguida.

"Quédate como estabas". Una mano en la parte baja de su espalda la empujó hacia abajo.

"Es de día y puedes ver... ¡todo!" Me miró por encima del hombro con una mezcla de mortificación y deseo.

"Sí, puedo". Acaricié su trasero con una mano. "Tu piel está blanca como la leche de nuevo. No hay moretones. ¿Te duele aquí?"

Vi como sus mejillas se volvieron rosadas. "No", contestó ella.

"Y aquí". Pasé un dedo por encima de sus labios inferiores rosados. "¿Cómo se siente tu vagina?"

Empezó a retorcerse y sonreí. Sus pliegues estaban hinchados y resbaladizos con una renovada excitación. El semen seco la cubría desde los muslos hasta el vello oscuro de su montículo. Su clítoris estaba duro y empujaba desde el refugio de su capucha. Lentamente, le metí un dedo dentro.

No pude evitar el gruñido de satisfacción que se me escapó cuando la sentí no sólo resbaladiza por dentro, sino cremosa con mi semen. La había marcado, por dentro y por fuera, y eso alivió mis necesidades más básicas. "¿Y aquí?" Gruñí.

"Un poco dolorida, pero Ethan...esto, tu dedo se siente tan bien", suspiró.

Sus caderas comenzaron a moverse en pequeños círculos mientras se levantaba sobre los dedos de los pies, moviendo su cuerpo como quería en mi dedo. "¿Te estás follando a ti misma con mi dedo, cariño?"

Se dio cuenta de que en lugar de que yo le dijera qué hacer, estaba tomando la decisión por su cuenta e inmediatamente se detuvo. Sus inhibiciones disminuyeron cuando cedió el control.

"¿Quieres algo para follar?"

Saqué mi dedo y rápidamente saqué mi pene de mis pantalones. Agarrándola de la cadera, la empujé hacia atrás y hacia abajo de modo que, mientras se sentaba a horcajadas sobre mis piernas, se colocó sobre mi pene. Me miró por encima del hombro, con una profunda V en la frente.

"Si necesitas algo para follar, siempre tendré algo para llenarte. ¿Estás segura de que no estás muy dolorida?"

Se mordió el labio y agitó la cabeza. Fue el deseo que vi en sus ojos lo que me afianzó.

"Por ahora será mi pene. Bájate".

Ayudándola, alineé mi pene hacia arriba con su vagina ansiosa y la empujé hacia abajo lentamente mientras me daba la espalda. Estaba tan apretada que fue un ajuste difícil. Con una mano en la cadera y la otra en el hombro, la incliné hacia adelante y bajó un centímetro. "Allá vamos. Ahora ya sabes qué hacer. Siéntate en mi regazo, cariño".

Con un mordisco a su labio y un meneo de sus caderas, se introdujo más mi pene. Era casi imposible permanecer sentado, porque quería empujarla de nuevo sobre la mesa y follarla con fuerza. Sin embargo, hubo una lección en esto. Quería que viera que era una mujer apasionada; que su placer, aunque a mi antojo, tenía que ver con su propio cuerpo, no con lo que yo le hacía. Así que se follaría con mi pene y se haría venir.

Siseé cuando su trasero descansó firmemente contra mis muslos y mi pene la llenó por completo. Extendiendo la mano, le cubrí suavemente los senos, y luego tiré de sus pezones. "Ahora muévete, cariño. Hazte venir".

"¿Así?", preguntó ella.

"Justo así".

Le besé el hombro y luego a lo largo de las crestas de su columna vertebral, pero no se movió. Iba a morir de doloroso placer si ella no se levantaba, así que le di un azote en la parte carnosa de su trasero.

Asustada, se levantó y gritó.

"Eso es".

Mientras se bajaba, volvía a estar profundo.

No le tomó mucho tiempo entender lo que iba a hacer. En un minuto, supe que estaba perdida por la acción, porque sus movimientos cambiaron de simplemente levantarse y bajarse a rodear sus caderas y luego levantarse casi por completo y deslizar mi pene sobre un lugar muy específico.

Gemí al sentirla, la forma en que sus paredes se apretaban como si tratara de ordeñar el semen de mis pelotas. Estaba funcionando, porque sentí que mi orgasmo se acumulaba en la base de mi columna vertebral.

"Es tan bueno. Yo... oh Ethan, ¡me voy a venir!"

"Toca tu clítoris, cariño".

"¿Qué?", jadeó. "¿Por qué?"

Le di una nalgada en el trasero, no muy fuerte, pero con la fuerza suficiente para que me apretara el pene y siseara.

"Obedece", le susurré al oído, luego lamí la delicada parte exterior. "Recuerda, haz lo que te digo y te daré exactamente lo que necesitas".

Su mano fue a su entrepierna y gimió. Separé más sus pies, haciéndola más accesible y se deslizó aún más sobre mi pene.

Le susurré al oído una letanía de alabanzas. Era una chica tan buena follándose en mi pene y se lo dije. Su cuerpo se endureció cuando se vino, sus paredes internas contrayéndose a mi alrededor. No pude contenerme, así que mientras ella gritaba su placer, disparé mi semen caliente dentro de ella.

Le besé el hombro sudoroso y la sostuve mientras se recuperaba. Después de un minuto o dos, cuando mis piernas estaban fuertes de nuevo, me paré e incliné hacia adelante para que ella descansara sobre la mesa una vez más, aún enterrada profundamente dentro de ella. Salí y vi como mi semen se deslizaba de su vagina bellamente usada.

Me subí los pantalones y los abotoné, y dije: "Esa es definitivamente una de las cosas que requiero que hagas".

Volteó la cabeza y me sonrió con ojos soñadores. Volví a la cafetera y llené mi taza. "¿Bebes café?", le pregunté casualmente y asintió. Cuando intentó levantarse, sacudí la cabeza hacia ella. "Por favor, quédate así".

"¿Por qué?"

"Porque quiero mirarte mientras te preparo un baño".

"¡Ethan, estoy goteando y puedes ver todo!"

"Exactamente. ¿Tienes idea de lo que me hace ver tu vagina toda usada y cubierta de mi semen?"

Negó con la cabeza.

"Soy un hombre muy posesivo. Te quiero de nuevo".

"¿Ahora?", preguntó ella, incrédula.

"Ahora no, pero te garantizo que pronto. Te quedarás ahí tumbada mientras termino de calentar el agua. Te ensucié anoche, pero no podía esperar para follarte de nuevo". Había estado llenando la bañera con agua que había calentado en la estufa. Metiendo un dedo en la olla, probé la temperatura. Tomé un paño, lo llevé a la bañera de cobre y vertí otra tanda de vapor. Fui al lavabo, empecé a llenar la olla de nuevo. Al hacerlo, un golpe en la puerta exterior de la oficina llamó nuestra atención. Suspiré y volví a poner la olla en la estufa, sin querer que me interrumpieran de mi deliciosa vista.

Abrí la puerta pero me di la vuelta cuando Margarita me llamó.

"¿Puedo levantarme ahora?"

La miré, tan perfectamente tumbada en la mesa. No sería capaz de comer de ahora en adelante sin ponerme duro. "No. Quédese así, Sra. James". Bajé el timbre de mi voz para que supiera que hablaba en serio. Cerré la puerta detrás de mí. Mientras yo sabía que mi esposa estaba tendida desnuda sobre la mesa de mi cocina, nadie más necesitaba saberlo.

Una de las chicas de la cantina estaba en la puerta exterior. Le tomó un par de minutos explicar el problema y luego regresé a Margarita. Estaba como la dejé, aunque el calor había desaparecido de sus ojos y estaba impaciente.

Le sonreí. "Me complace verte así. Lista para ser follada o lamida. Eres mía y me encanta ver que te ofreces a mí".

La alabanza mejoró su actitud y mientras la ayudaba a ponerse de pie, la besé tiernamente.

"Debo ir a la cantina. Una de las chicas allá necesita mi atención".

Frunció el ceño. "¿Una chica de la cantina *necesita* tu atención?"

Yo también fruncí el ceño. "No me gusta ese tono, Margarita. Es mi trabajo ayudar a aquellos que no están bien, sin importar su profesión o el color de su piel. Tú, más que nadie, deberías ser consciente de ello".

Parecía arrepentida. "Muy bien".

Aunque lo había consentido, no parecía contenta con ello. En este caso, su puchero era encantador. "No te pongas celosa". Le toqué la nariz. "Recuerda, tienes mi semen goteando por tus muslos".

Ofreciendo una sonrisa débil, asintió.

"No sé cuánto tiempo estaré. ¿Qué piensas hacer mientras no estoy?"

Se encogió de hombros y vi como su pecho se balanceaba ante el movimiento. "Primero disfrutaré de un baño caliente. Dalia viene a la ciudad hoy para su recolección semanal de suministros. La visitaré".

Eso me pareció bastante seguro. "¿Tengo que recordarte que tengas cuidado y que uses tu sombrero si sales?"

"No, Ethan. Lo recordaré".

Asentí, contenta de que no se aventuraría de nuevo al exterior salvaje. Aunque sabía que había aprendido su lección—no sólo fue castigada con azotes, sino que el matrimonio también fue una consecuencia—sabía que siempre sería protector. "Debo irme". Besándola una vez más, me alejé antes de que su cuerpo desnudo me hiciera cambiar de opinión.

8

MARGARITA

"¿QUÉ CREES QUE HACE CON ELLAS?", le pregunté a Dalia. Nos habíamos encontrado en la mercantil y habíamos regresado a la casa del doctor—mi casa—y nos serví té a las dos. No estaba acostumbrada a la organización de la cocina, pero encontré las cosas con bastante facilidad.

"¿Con quién? ¿Una chica de la cantina enferma?" Dalia agitó su té. "Dependerá de lo que la aflige".

"¿Quizás algo de...naturaleza personal?", pregunté, removiendo mi propio té para tener algo que hacer.

El cabello de Dalia era tan oscuro como el mío, pero ahí era donde terminaban nuestras similitudes. Yo era unos centímetros más alta, pero ella tenía una figura más redondeada. Desde que éramos pequeñas, siempre habían sido Dalia y Margarita, como dos guisantes en una vaina y la gente a menudo decía lo mismo. Ella era mi mejor amiga y lo había sido desde el principio.

Cuando mi familia murió en el incendio que destruyó la mayor parte de Chicago, me llevaron a un hospital donde conocí a Dalia. Ella también había perdido a su familia. Ella había estado allí para ser tratada por quemaduras en su costado. Apenas recuerdo que me mostrara las vendas, pero nunca las cicatrices. Incluso en todos estos años, había escondido su cuerpo, incluso de mí. A pesar de todo, o quizás debido a mi entendimiento, formamos un vínculo aún más estrecho que el de las hermanas de verdad.

Pero hace unos meses se casó con Garrison Lee de una manera sorprendente y un tanto apresurada, aunque estaban evidentemente enamorados. De un día para otro me quitaron a mi mejor amiga. Aunque sólo vivía a unas dos horas del rancho Lenox, se sentía como a un millón de millas. La extrañaba profundamente, extrañaba la atención que me había brindado estar con ella. Fue durante este tiempo que mi interés en el Doctor James— Ethan—había sido despertado.

Las acciones de Dalia, un poco salvajes por derecho propio, habían hecho que mis problemas parecieran menores. Pero sin el foco en ella, las pequeñas cosas se volvieron obvias. Olvidé mi sombrero. Dejé la lista de suministros en el mostrador de la casa. Luego seguí a Ethan y casi muero congelada. No fue hasta que Ethan me recordó mi sombrero perdido que me sentí como si estuviera completa. Aunque Dalia podía ser tan mandona como cualquier otra hermana Lenox—además de Jacinta—su presencia y molestias no eran nada comparables a las de Ethan. Él me entendía, al parecer, mejor de lo que yo me entendía a mí misma.

"Si es *personal*", contestó Dalia, "entonces la tratará como me trata a mí".

Mi cuchara cayó a la mesa con un estruendo. "Ethan te ha visto... ¿*allí*?"

Dalia se sonrojó. "Bueno, sí. Como nunca tuve un mes después de casarnos, s*abíamos* que en efecto estaba embarazada". Miró hacia su muy amplio pecho. "Además, ¿has visto un pecho tan grande? Garrison quería asegurarse de que todo estuviera bien, así que me llevó a ver al Doctor James". Sonrió con su confusión, luego frunció el ceño. "Se supone que debes felicitarme".

Moví mi mano por el aire. "Tenías que estar embarazada. Si Garrison se parece a Ethan, no me sorprendería que hicieras este bebé en tu noche de bodas".

La boca de Dalia se cayó. "¡Margarita Lenox!"

"Esa es Margarita James y quiero que sepas que no soy virgen". Crucé los brazos sobre el pecho y me golpeé contra los pezones adoloridos. Ethan realmente tiró de ellos. Parecía ser bastante rústico con las atenciones.

"Entonces, ¿estás complacida?", preguntó Dalia, mirándome, quizás ahora bajo una nueva luz. Estábamos en pie de igualdad una vez más. Ya no tenía que ocultarme los secretos de la vida de casada.

Había usado un paño para limpiarme entre los muslos mientras me bañaba más temprano, pero parecía que mi esposo tenía un semen abundante, porque seguía escurriéndose de mí. Me preguntaba si esto era normal, pero no iba a preguntar. Puede que Dalia sea mi hermana más cercana, pero le preguntaría a Ethan más tarde. En el pasado, lo habría compartido con Dalia inmediatamente, pero algunas cosas eran...sólo para mi esposo. "Lo estoy, aunque no me gusta que mi esposo haya visto tu cuerpo desnudo".

Dalia frunció los labios. "Te aseguro que a mí tampoco me gustó demasiado, pero Garrison estaba conmigo en la habitación. Además, es por un *bebé*". Su voz se volvió suave y tenue mientras colocaba su mano sobre su vientre plano. "Creo que Garrison estaba más preocupado por las manos del hombre sobre mi persona que tú. Aunque no seas virgen, estás recién casada. Si el Doctor James es como Garrison, entonces puede ser bastante propietario".

Dudaba que Garrison hiciera que Dalia se recostara sobre la mesa de la cocina para que pudiera observar los frutos de su virilidad filtrándose de su cuerpo.

"Debo encontrarme con Garrison". Dalia se puso de pie y tomó su abrigo. "Quiere volver a casa antes de que oscurezca".

Una vez que ella se fue, ordené la cocina con un espíritu inquieto. ¿Era la novedad del matrimonio? ¿Fue Dalia felizmente casada y con un bebé en camino? ¿Era porque Ethan no me había dicho que mi propia hermana estaba embarazada? ¿Fue porque mi marido podría tener sus manos en la vagina de una puta en este mismo momento?

Fue este humor lo que me hizo enojarme con Ethan cuando regresó. Escuché que la puerta exterior de la oficina se abría y pasé por la sala de examinación para encontrarme con él. "Tu paciente, ¿está bien?"

Ethan puso su maletín en el suelo junto a la puerta, luego se quitó el abrigo. "Lo está ahora".

"¿Le tocaste la vagina?", le pregunté, mis manos en mis caderas.

Levantó una ceja oscura y se detuvo para estudiarme, luego caminó hasta la cocina. Lo seguí, esperé mientras se lavaba las manos en el lavabo.

"La mujer tuvo un aborto espontáneo, lo que significa—"

Levanté mi mano para detenerlo. "Soy consciente de lo que es un aborto espontáneo".

Ante mis ojos parecía crecer más, sus hombros más anchos. "Creo que es un buen momento para una lección de anatomía".

Mi corazón saltó a mi garganta con su tono. Aunque estaba tranquilo, el timbre profundo que estaba llegando a reconocer era sólo para mí. Sólo para cuando estaba de mal humor, como ciertamente lo estaba en este momento.

Entró en su sala de exámenes y sacó la mano. "Por favor, siéntate".

Miré la robusta mesa de madera que usaba para examinar a sus pacientes.

Me acerqué a la mesa, me di la vuelta y traté de encontrar la forma de subirme a ella como una dama. Ethan puso sus manos sobre mi cintura y me levantó para que me sentara en el borde, la parte inferior de mis piernas colgando.

Quitándose la chaqueta, la colocó sobre el respaldo de la silla en la esquina, y luego cerró la puerta de la habitación exterior de la oficina. "Por favor recuéstate y pon tus pies en el borde. Estoy seguro de que recuerdas esta posición de anoche".

Mientras me tumbaba, me calenté con el recuerdo de cómo me había puesto la boca encima y me había hecho venir por primera vez cuando estuve de la misma manera. "Esta mesa no es tan cómoda como tu cama".

"*Nuestra* cama", contestó.

Cuando levanté los pies y me ajusté la parte inferior del vestido para que no se enredara, Ethan asintió. "Eso es porque esto es para mis pacientes. Comparto la comodidad de mi cama con mi esposa".

Sus manos empujaron la parte inferior de mi falda hacia arriba y por encima de mis rodillas, de modo que se acumuló alrededor de mi cintura. Como anoche, me separó los tobillos y luego se colocó entre ellos. Volvió a mirar mi vagina, luego levantó su mirada hacia la mía.

"No llevas puestos tus calzoncillos. Estoy contento, Sra. James".

Me deleité con sus palabras y después de sentirme

inquieta todo el día, mi estado de ánimo parecía estar acomodándose por sí solo.

"Este es su monte de Venus y estas áreas, aquí y aquí, son sus labios mayores". Sus dedos se deslizaron sobre las distintas partes de mi núcleo de mujer mientras hablaba. Mientras que la presión de su dedo era como me había tocado antes, esto se sentía...clínico. "Estos labios, si bien están hinchados por las relaciones sexuales vigorosas, son sus labios menores. Cuando los separo con los dedos, se puede apreciar el clítoris. En cuanto a usted, Sra. James, su clítoris sobresale de los labios y puede verse incluso de pie".

"Ethan". Me miró por encima de mi cuerpo. "Yo...pensé..."

"¿Sí?"

"Pensé que habías dicho que esta era mi vagina".

"Como es mi paciente, nunca consideraría su cuerpo en esos términos. Permítame continuar. Aquí está su vagina". Un dedo romo se deslizó dentro de mí, pero fue como si Ethan fuera otra persona; un doctor en vez de mi esposo. "Como usted sabe, después de su encuentro sexual de anoche, el pene de un hombre eyaculará dentro—"

"¡Suficiente!" Me subí sobre mis codos. Fue una lección bien enseñada y comprendí que separaba su papel como médico de su papel como hombre. Más particularmente, como mi esposo. "Quiero a Ethan, no al Doctor James".

Su frente se arrugó. "¿Está segura, Sra. James? La mujer que vi en la cantina quería al Doctor James".

Le sonreí, aliviada de que él había aliviado mi preocupación de una manera que me hizo confiar en que no estaba deseando la vagina de una chica de cantina o de cualquier otra mujer de la ciudad. "Estoy segura. Mi vagina está en exhibición para mi esposo".

Sonrió y empezó a arremangarse la camisa. "No del todo".

Aprecié la vista de sus antebrazos, que normalmente no estaban expuestos de una manera tan casual—una manera que sólo era aceptable para su esposa, y definitivamente *no* para una paciente. Estaban bordeados de músculos. Sus manos fueron lo que me atrajo originalmente y ahora sabía cómo se sentían...lo que podían hacer.

"Voy a afeitarte la vagina para poder verlo todo. Estos rizos—" tiró del vello en mi entrepierna suavemente, "—están en mi camino. Tu piel estará más sensible y sé cuánto te gusta cuando te pongo la boca encima. ¿No es cierto?"

"Sí", susurré.

Bajó la mirada, luego pasó un dedo por encima de mis pliegues. "Eso es lo que me gusta ver. Mira lo mojada que se está poniendo tu vagina con la idea de quedarte desnuda para mí. ¿O estaba pensando en venirse por toda mi lengua?"

"Ambas", le contesté.

"Buena chica. Te excitas cuando me complaces". Inclinó la cabeza. "¿Te sientes mejor?"

Me mordí el labio y asentí. Me sentía...restaurada. Reconocí que tenía una naturaleza irritable que necesitaba su atención, su mano guía, tal como él lo había dicho. Si Ethan me hubiera sentado y me hubiera dicho que la mujer de la cantina era sólo una paciente y no significaba nada, no lo habría entendido. Me obligó a ser vulnerable, a exponerme a él de tal manera que comprendí que su papel como médico era muy diferente al de esposo.

Estaba recibiendo cuidado extra. Atención extra. Tal vez incluso en la manera especial de Ethan, afecto. No eran mimos, pero yo no quería eso. Necesitaba más y parecía que sólo Ethan podía dármelo. La cercanía que tenía con Dalia ya no era suficiente. Mientras que ella encontró alivio y consuelo y placer en los brazos de Garrison, yo encontré mis propias necesidades satisfechas a mi manera especial por Ethan.

Levantó una taza de afeitar. "Déjame traer un poco de agua para poder terminar esta tarea".

Una vez que regresó, me quedé quieta mientras lentamente usaba una navaja de afeitar en mi piel más íntima. No tomó demasiado tiempo, pero con cada movimiento cuidadoso, sentí como si le estuviera dando más y más de mí misma a él. Más y más de mi cuerpo— de mí—estaba expuesto a él.

Después de que me pasó un trapo limpio entre las

piernas, subí sobre mis codos y miré hacia abajo. Los rizos cortos y oscuros desaparecieron.

Limpiándose las manos con el paño, lo señaló con la barbilla. "Siéntate".

Mientras guardaba sus provisiones en el armario, pasé mis dedos por encima de mi piel recién afeitada. Estaba suave y lisa y picaba, expuesta al aire.

Cerró las puertas de los armarios y se volvió hacia mí. "Me has complacido más allá de toda medida, cariño. Eres tan sensible, tan receptiva". Acercándose entre mis piernas extendidas, levantó un pequeño objeto de madera.

"¿Eso es un calcetín oscuro?", le pregunté.

Miró el objeto y luego a mí. "Es una posibilidad interesante, pero no. Esto es un tapón, un entrenador, para tu trasero".

Fruncí el ceño confundida.

La mano libre de Ethan se deslizó sobre mis pliegues y comenzó a excitarme magistralmente con su tacto. Mientras su pulgar presionaba en pequeños círculos sobre mi clítoris, deslizó dos dedos dentro de mí. "Tu vagina, al parecer, siempre está muy ansiosa. Ha pasado menos de un día, pero creo que vas a ser insaciable".

Hubiera discutido con él, pero Ethan tenía manos muy hábiles.

"Este es sólo uno de tus deliciosos agujeros que voy a usar. Es hora de llenarte el trasero".

Sus palabras no tenían ningún significado, porque yo sólo pensaba en venirme. Fue cuando sus dedos se salieron de mi vagina y se movieron más abajo que mis ojos se abrieron.

"¡Ethan!"

"Shh", canturreó. "Cierra los ojos. Sé una buena chica".

Las yemas de sus dedos estaban resbaladizas con mi excitación e hicieron círculos sobre ese lugar prohibido, claramente no era prohibido para mi esposo. Me tocó lenta y muy suavemente, se movió dando vueltas y vueltas y me relajé. Nunca esperé que me tocara allí, y no tenía idea de que se sentiría...bien.

"Estoy seguro de que en todas tus lecturas nunca supiste que una mujer podía ser follada por el culo. Sin tus libros para consultar, sólo tendrás que aprender con el modo antiguo. Haciendo".

Su voz era uniforme y tranquila. Cuando su pulgar comenzó a presionar contra mi clítoris de nuevo, presioné mis talones contra la mesa y arqueé mi espalda. "¡Ethan!" Grité de nuevo, esta vez no por sorpresa, sino por placer. Porque cuando moví mis caderas hacia arriba, su dedo rompió mi entrada trasera y me vine.

"Jesús, cariño".

Apenas escuché la voz áspera de Ethan porque estaba gritando mientras le apretaba la punta de su dedo. No tenía idea de que había tanta sensación, que había lugares secretos dentro de mí que se iluminaban y ardían tanto y tan intensamente que me cegaron por un tiempo.

Estaba sudorosa y respirando con dificultad y completamente perdida cuando Ethan me sacó el dedo.

"Eso fue lo más carnal que he visto en mi vida", dijo. No abrí los ojos, sólo me deleité con la deliciosa sensación que hacía que las puntas de mis oídos me estremecieran. "Sabía que te gustaría, pero no esperaba ese nivel de respuesta sin un poco de persuasión".

Sonreí. "No, no creo que necesite ninguna persuasión".

"Mírame, cariño".

Levanté mis párpados pesados y miré a mi apuesto esposo. "Voy a introducir este tapón ahora". Levantó de nuevo el objeto de madera, y luego empezó a cubrirlo con una sustancia clara y resbaladiza. "A diferencia de tu vagina, tu culo necesita mucha lubricación. El tapón ahora está bien resbaladizo. Shh, relájate. Sí, eso es".

Sentí el objeto duro en mi entrada, pero no tuve miedo. Si eso iba a hacerme sentir como si sólo tuviera un dedo, entonces no me importaba en absoluto. Cuando empezó a presionarlo dentro de mí lentamente, tuve que respirar por la boca para permanecer relajada como él quería. "Es tan grande".

Me estiré cada vez más y más.

"Este es el entrenador más pequeño". Me miró desde sus movimientos. "Te voy a follar aquí, Margarita. Pronto. Cuando hayas sido estirada y preparada apropiadamente".

El objeto era mucho más pequeño que el pene de Ethan y no tenía ni idea de cómo encajaría. Si me sentía abierta y estirada por el entrenador más pequeño, sólo podría imaginarme cómo sería cuando me llenara con su pene.

Siguió dando vueltas y empujando el entrenador hacia adentro hasta que pensé que ya no podía tomar más, pero de repente se ajustó y se estrechó. Me aferré a este y estaba alojado en mi interior. Ethan le dio un ligero tirón y siseé por el delicioso placer.

"No temas, no irá más allá y esto", golpeó el extremo, lo que me hizo jadear, "me permitirá sacarlo".

Me sentía abierta y llena, estirada y saciada y con tantas sensaciones que no podía considerarlas todas a la vez. Colocando una mano al lado de mi cabeza, se inclinó sobre mí y se puso justo encima de mí. Vi el deseo y la felicidad en sus ojos. "Has hecho más de lo esperado. Estoy más que complacido contigo y tu posesividad es tan feroz como la mía".

"Eres mío, ¿no es así?", pregunté.

"En efecto". Bajó la cabeza y me besó, su lengua metiéndose en mi boca. Era carnal y decadente y estaba llena de toda su necesidad acumulada. Yo me había venido, pero él no.

"Ethan", suspiré contra sus labios.

Empezó a besarme desde la mandíbula a la oreja.

"¿No te quieres venir?", le pregunté. Siempre estaba en control y cuidando de todos. Si se sintiera la mitad de bien que yo después del clímax, entonces sería bueno para él. A pesar de que siempre quería complacerme, yo sentía lo mismo por él. Esto era algo que sólo yo podía darle.

"Tengo toda la intención de llevar a mi esposa a la cama y follarla toda la noche", murmuró contra mi cuello. "Nunca antes he follado a nadie en mi mesa de examen".

Puse mis palmas en sus mejillas e hice que me mirara. Sus ojos eran tan oscuros que fácilmente podía perderme en ellos. "¿Le has afeitado la vagina a una mujer y la has hecho venir poniendo un tapón en su culo en esta mesa antes?"

Estaba un poco preocupada por su respuesta. Cuando abrió la boca para responder, puse mis dedos sobre sus labios. "Yo también soy posesiva. Te juro que si has hecho algo así yo te daré unos azotes en *tu* trasero".

Sonrió, tomó la punta de mis dedos en su mano y las besó. Su rostro cambió a una de carnalidad tan oscura que perdí el aliento. "Te aseguro, cariño, que podrías disfrutarlo más si yo te lo hiciera a ti".

"Yo...necesito saber. ¿Hay otras?" Me sentí vulnerable en este momento, mi corazón latiendo frenéticamente.

"Eres la única mujer que ha recibido esas atenciones de mi parte. ¿Este...vacío que tenías? Yo también tenía uno y tú has llenado el mío tanto como espero haberlo hecho para ti. El pasado ha sido duro, pero contigo, el futuro se ve muy brillante".

No pude evitar sentir alivio por sus palabras. La mayoría de las mujeres no tenían que compartir a sus esposos con todo el pueblo, así que me alegré de que nuestros actos más íntimos fueran sólo entre nosotros. Era algo que compartía con él a solas.

Se puso de pie a toda su altura, me levantó como si fuera un saco de grano y me arrojó sobre su hombro.

"¡Ethan!" Le golpeé el trasero y a cambio me golpeó el mío.

"No tienes que preocuparte por eso, porque te aseguro que me llevará todo mi tiempo cuidar de tu insaciable vagina". Me dio una palmadita en el trasero. "Y tu culo".

Me cargó por la cocina cuando oímos el golpe en la puerta exterior de la oficina.

Escuché una maldición murmurada e Ethan me bajó al suelo.

"El deber llama", dijo, moviendo su pene en sus pantalones. "Deja el tapón adentro hasta que termine. Quiero follarte con el adentro".

9

ᘓ𝓜 ARGARITA

AUNQUE APRECIABA la profesión de mi esposo y lo que
hacía por los demás, empezaba a ver que su tiempo no le
pertenecía. Las enfermedades o accidentes no ocurrían
cuando era conveniente e Ethan siempre tendría que
poner su vida personal después de su trabajo. Eso
significaba que tenía que pasar el tiempo con mi esposo,
después de la ciudad. Mientras me lavaba las manos en el
lavabo, sentí una ola de egoísmo sobre él y deseé que
quienquiera que estuviera en la puerta hubiera podido
esperar una hora hasta que Ethan pudiera satisfacer sus
necesidades. Ciertamente me había hecho venir, pero
tenía imaginaba que él estaba más que un poco excitado
y posiblemente incómodo por ello.

Yo también estaba un poco incómoda. Moví los pies para ver si moverme un poco hacía que el tapón de mi trasero fuera más fácil de soportar. Lo había visto, no era demasiado grande; sin embargo, se sentía enorme. Con cada movimiento me di cuenta de ello. No me dolía, pero sabía que estaba ahí. Tal vez el pene de Ethan, todavía duro por la necesidad, le permitió seguir pensando en mí de la misma manera que este tapón me hacía pensar constantemente en él. Me hacía recordar cómo me hizo venir y su promesa de follarme con el tapón dentro de mí.

Fue el llanto de la oficina lo que me sacó de mis pensamientos. Era de un niño, un niño herido y asustado. Con siete hermanas, conocía bien ese sonido. Encontré cosas para hacer la cena y empecé a juntar los ingredientes para las galletas, pero el llanto no disminuyó y fue imposible permanecer más tiempo sin que me afectara.

Mi llanto rompía los vientos. Conocía ese sonido. Fui a la puerta de la sala de exámenes y toqué. No sabía si Ethan estaría contento con mi molestia o no, pero Colin Burrows no iba a calmarse fácilmente con él.

Ethan abrió la puerta y reconocí su expresión neutral. El llanto era más fuerte y me asomé desde un lado de mi esposo para ver al niño sosteniendo su muñeco en el regazo de su madre.

"Supongo que nunca habías conocido a Colin", susurré.

Ethan negó con la cabeza.

Me mordí el labio. Sabía lo concentrado y preciso que era Ethan con los pacientes. "Quizás yo pueda calmarlo para que puedas tratarlo".

Su ceja oscura se arqueó, pero retrocedió para dejarme entrar en la habitación.

"Sra. Burrows, ¿conoce a mi esposa?"

"Sí, hola, Margarita.

La Sra. Burrows tenía cuatro hijos, y en ese momento, parecía que eran cuatro de más. A pesar de que estaba vestida impecable, su rostro estaba pálido y tenía círculos oscuros bajo los ojos. Colin era un puñado en el mejor de los días, pero cuando estaba herido, estaba segura de que tenía a la mujer hecha polvo.

"Hola, Colin. "¿Te acuerdas de mí?"

Colin tenía seis años. Mientras la mayoría de los niños de su edad hablaban, Colin aún no lo hacía. No era raro, sólo era diferente. Lo había visto lo suficiente como para saber que no le gustaba que lo tocaran y que no respondía a las preguntas que le hacían. Lo hacía difícil para su madre e imposible para Ethan.

Extendió su brazo firmemente contra su pecho.

A pesar de que el niño no respondió, me miró y su llanto se redujo.

"¿Recuerdas el picnic de la iglesia el verano pasado cuando todos los niños y niñas estaban trepando en ese viejo álamo? Ese era un gran árbol. Yo también quería hacerlo".

Apoyé mis antebrazos en la mesa de exploración, dándole mucho espacio a Colin.

Dejó de llorar mientras escuchaba.

"Cuando tenía tu edad, solía trepar los árboles todo el tiempo. Si no me crees, pregúntale a tu madre. Me ha visto en ellos un par de veces".

Levantó la cabeza y la Sra. Burrows asintió.

"¿Subiste con los otros niños al picnic?"

Asintió.

"Pensé que eras tú el de la rama más alta".

Su espalda se enderezó como si estuviera orgulloso del logro.

"Quería estar tan arriba como tú, pero desafortunadamente, se me enganchó la falda. Me caí del árbol. Me lastimé la muñeca y le pedí al Doctor Monroe que la revisara. No le tenía miedo al doctor porque sabía que me ayudaría. Y no creerás lo que me dio cuando terminó".

Sus ojos se ensancharon con ansias.

"Un caramelo de menta".

Colin se limpió las lágrimas de sus mejillas con su mano libre.

"No era un caramelo cualquiera. Pude ir a la mercantil y elegir el que yo quería".

Me levanté y deslicé mi mano alrededor del brazo de Ethan. "Puede que el Doctor James sea nuevo por aquí, pero creo que es muy amable. ¿Crees que puedes dejar que te mire el brazo? Tendrá que tocarlo, pero sólo como doctor y eso no cuenta realmente".

Lucía inseguro.

"Puede que yo también necesite un caramelo de

menta", continué, "pero necesitaré que tú vayas conmigo a encontrar el mejor. Aparte del tuyo. ¿Podrías ayudarme con eso?"

Asintió.

"Eso es bueno. Doctor James, conozca a Colin, el mejor trepador de árboles del Territorio".

———

ETHAN

DOS HORAS. Tuve que pasar dos horas pensando en Margarita con el tapón en el culo mientras evaluaba a Colin Burrows y luego fui a la mercantil por dulces. La habilidad de mi esposa para calmar y persuadir a Colin para que me dejara tratarlo fue algo digno de ver y la elogiaría por ello. Más tarde.

Con ella de rodillas, desnuda y agarrando la cabecera, tenía deberes más importantes que atender. Acaricié la larga línea de su columna vertebral hasta su exuberante trasero con mi mano. Sus mejillas estaban separadas por el mango oscuro del tapón y por debajo, su vagina estaba lista y goteando. Sabiendo lo apasionada que era, seguramente había estado mojada todo este tiempo.

"Esta es la vista perfecta", murmuré.

Mirando por encima de su hombro, me ofreció una sonrisa suave y me miró con ojos llenos de pasión.

"La única manera de mejorarla es hacer que mi semen se derrame de ti".

Me quité la camisa y abrí el cierre de mis pantalones. Acaricié mi pene con una mano, mientras deslizaba mis dedos de la otra sobre sus pliegues hinchados, luego los deslizaba profundamente dentro de ella. Se apretó mientras gemía.

"Estás tan ansiosa".

"Ethan, por favor", suplicó.

No me demoré, porque ambos habíamos sido torturados el tiempo suficiente. Me cambié de posición, me moví detrás de ella, usando mi rodilla para abrir más las suyas. Me incliné hacia adelante y puse mi mano encima de una de las suyas en la cabecera, mi torso presionando su espalda.

Guie mi pene hasta su entrada, luego me deslicé hacia adentro lentamente. Siseé un poco al ver lo increíblemente apretada que estaba.

"Cariño, ese tapón en el culo te queda bien. ¿Se siente como si te estuvieran follando por los dos agujeros?" Le lamí la oreja, mordisqueé su cuello mientras la penetraba más y más profundo, centímetro a centímetro deliciosamente apretado.

Ella asintió, su cabello frotándose en mi cara.

Manteniendo una mano encima de la suya, la rodeé y cubrí su seno con una mano, usando mi pulgar y mi índice para pellizcar la punta apretada. Por un momento me apretó el pene, pero luego se relajó y se ablandó para mí, permitiéndome deslizarme hasta el final.

Mi respiración era irregular. Nunca había estado dentro de una vagina tan apretada y apenas me aferraba a mi control. Le lamí la piel, resbaladiza de sudor y salada en mi lengua.

"¿Todo bien, cariño?"

Asintió, sus nudillos estaban blancos sobre los rieles de hierro.

Empecé a moverme, a follarla de verdad. No lo hice cuidadosamente, no sólo porque no sentía que ella lo necesitara, sino porque no podía contenerme.

"Azótame", susurró.

Me quedé inmóvil con sus palabras. Escuché su jadeo, probablemente dándose cuenta de lo que había dicho y temiendo que no me gustara su atrevimiento. No me disgustó en lo más mínimo. Demonios, con sus palabras me hinché profundamente dentro de ella. Mi orgasmo se construyó en la base de mi columna vertebral y mis pelotas se apretaron contra mi cuerpo.

"¿Lo necesitas, cariño?"

Asintió con abandono.

Soltando su seno, le di una nalgada fuerte y vi como la huella de mi mano aparecía, roja como el fuego en su trasero.

Ella gritó mientras yo retrocedía y luego la penetré profundamente, le di otro azote. Tomé un ritmo firme, follándola y dándole azotes mientras ella se empujaba contra mí, su trasero golpeando mis caderas.

Nuestra follada fue ruidosa. El sonido húmedo de mi pene entrando y saliendo fue silenciado por mis respiraciones profundas y sus gritos. Cada azote resonaba con dureza en el dormitorio. Todo en esta copulación era frenético y tenso y carnal y oscuro y tan increíblemente caliente que no podía contenerme. La tomé como mi cuerpo me lo dictaba, desesperado por mi liberación. En vez de agarrar su cadera, la rodeé y sentí su clítoris, una protuberancia dura que estaba hinchada y salía de su capucha protectora.

Ella gritó mi nombre mientras yo sentía sus contracciones alrededor de mi pene, su clímax cerca. Fue este poco más de estimulación lo que me hizo venir, mi pene sacudiéndose y expulsando y disparando mi semen profundamente dentro de ella. No dudaba que este semen echaría raíces en su vientre, y sabiendo el hecho de que lo más probable es que yo lo hubiera generado, hizo que mi orgasmo persistiera.

Nunca antes me había venido así. No podía recuperar el aliento, apenas podía ver. Pero no tenía que pensar en mi comodidad, sino en la de Margarita, porque la había usado de forma salvaje. Me salí de ella y vi como mi semen goteaba de ella con el tapón en el culo.

Me tomé un momento para saborear la vista, luego quité el tapón cuidadosamente. Colocándola en mi costado, nos metí debajo de las sábanas. Quitándole el cabello de la frente, me di cuenta de que Margarita estaba profundamente dormida.

Esperaba que necesitara algún tipo de transición hacia las exigencias más inusuales que yo le plantearía cuando se trataba de su cuerpo, de follar, pero descubrió que no sólo era excitante, sino algo que *necesitaba*. Nunca esperé que ella expresara sus más profundos deseos carnales, pero lo hizo. Quería unos azotes. En su momento más abandonado, me dijo exactamente lo que necesitaba y se lo di. Era mi trabajo, mi privilegio, ser el que lo hiciera.

Mientras dormía, consideré otros aspectos de mi nueva esposa. Margarita tenía un enfoque directo al tratar con otras personas. Tal vez esa fue la razón por la que me pareció que éramos tan compatibles. Suspiré mientras la veía dormir. Compatible. ¿Otros esposos usaban esa palabra para describir a sus esposas? Dudaba que Garrison Lee pensara que Dalia era compatible. Tal vez en la cama, pero dudaba que en cualquier otro lugar.

No fue culpa de Margarita que la considerara en esta vena poco romántica. Estaba agotado de cualquier tipo de enredos emocionales desde que era muy joven y nada de lo que había visto o hecho había justificado un cambio. Hasta ahora. Margarita no era una paciente a tratar con desapego. Ella no iba a ir a ninguna parte. Por primera vez, quería que se quedara. La quería conmigo, no sólo porque era insaciable cerca de ella, ni porque me rogara que le diera unos azotes. No porque pronto sería mi pene en el fondo de su culo en lugar de un tapón. Quería su mente aguda y rápida, su espíritu amistoso y su posesividad feroz. Simplemente la quería a ella.

También sacaba cada uno de mis instintos protectores. Su seguridad era mi mayor preocupación; no temía que los soldados de la Unión la asesinaran por ser una rebelde, pero sabía lo frágil que era la vida. Mi hermano y mi padre fueron víctimas de la guerra. Mi hermana y mi madre fueron víctimas del mal. Muchos pacientes fueron víctimas de sus propios cuerpos; enfermedad y cáncer más fuertes que ellos. No había nada que yo pudiera hacer en ninguno de esos casos, con mi familia, pero con Margarita, me aseguraría de que se mantuviera feliz, sana y completa si tuviera que darle unos azotes para hacerlo—y sin duda ella lo disfrutaría.

Afortunadamente, no pareció importarle. Tal vez compatible era la palabra correcta, ya que definitivamente éramos de mentes similares cuando se trataba de follar. Para algunos, seguramente era sólo un acto de copulación bajo las sábanas con las luces apagadas. Para Margarita y para mí, no era sólo follar. Era el hecho del control, o en su caso, la sumisión. Nos excitaban nuestros papeles en nuestro matrimonio y no lo querría de ninguna otra manera, con nadie más.

Ahora yo era el que estaba obsesionado. En vez de dormir, me acosté en la cama y la miré. Tirando de las sábanas, vi que todavía tenía signos de nuestra follada: una marca roja que había hecho con mi boca en su hombro, su cabello era un enredo salvaje en lugar de un bollo impecable. Debajo de las sábanas, sus pezones estaban laxos, las puntas gordas de nuevo y más abajo, sin duda sentiría mi semen si tocaba su vagina. Mi pene deseaba tomarla de nuevo, pero la dejé descansar.

Estaba, por lo menos...ilusionado.

10

MARGARITA

JUSTO DESPUÉS DE la luz de la mañana, Ethan cabalgó hasta el rancho Baker para atender a los tres niños que probablemente tenían paperas. Yo me quedé aquí con el trasero adolorido y con un espíritu un poco avergonzado. ¿Realmente le había pedido a Ethan que me diera azotes mientras me follaba? Había perdido la cabeza, tan perdida en el placer que le pedí exactamente lo que quería. La pizca de dolor que su mano creaba fue suficiente para empujarme por encima del borde y me vine más duro de lo que nunca antes lo había hecho.

Justo después de pronunciar las palabras entré en pánico, preocupada de que se riera de mí o se burlara de mi falta de modestia. En vez de eso, sentí que su pene se hinchó profundamente dentro de mí y lo hizo. Duro y con frecuencia hasta que me vine. Me quedé dormida justo después de que él me colocara junto a él y sólo me desperté con el sol. Para entonces, Ethan ya se había ido.

Estaba lavando los platos de mi comida del mediodía cuando llamaron a la puerta de la oficina. Limpiando mi mano con un paño de cocina, fui a abrirla.

Un soldado con uniforme de la marina se quitó el sombrero. "Señora. Estoy aquí por el Doctor James".

"Está fuera en una consulta, ¿pero le gustaría entrar y salir del frío?"

El hombre asintió y entró en la habitación. Parecía una década mayor que yo, con el cabello rubio arenoso y la barba recortada. No estaba familiarizada con las filas del ejército, pero tenía un número de rayas doradas en su chaqueta que indicaban que era un hombre con experiencia.

"¿Sabes cuándo podría volver?"

"Lo siento, Oficial—"

"Capitán, señora. Capitán Archer".

"Capitán, se ha ido a un rancho a unos cuantos kilómetros al sur de aquí. Asumo que estará fuera la mayor parte del día".

Frunció el ceño y miró a su alrededor como considerando profundamente. Su porte era tenso. Aunque lucía muy tranquilo, estaba bastante nervioso.

"¿Quizás pueda ayudar en algo?", le pregunté.

Negó con la cabeza, claramente decepcionado. "Un grupo de nosotros iba camino a Fort Dixon y fuimos atacados. Un hombre ha muerto, otros tres están heridos. Necesitamos la ayuda del doctor".

Puse mi mano sobre mi corazón mientras imaginaba la carga que llevaba por no regresar con ninguna ayuda médica. La distancia al fuerte era de unas veinte millas, demasiado lejos para conseguir ayuda desde allí. ¿Había un médico dentro de las paredes del cuartel? ¿Ethan era el único doctor cercano?

"¿Todavía hay peligro?" Cuando se limpió el dorso de la mano con la boca, agregué: "Debe tener sed". Fui a la cocina y regresé con un vaso de agua.

"Muchas gracias". Tomó un trago profundo y buscó un lugar donde ponerlo. Extendí las manos y me lo devolvió.

"El peligro ha pasado. Creemos que fue un grupo de hombres que desean crear problemas con los indios, porque se disfrazaron de indios, pero eran blancos".

Fruncí el ceño ante la implicación de semejante acto. Comenzar una guerra con los indios—el grupo que yo conocía era pacífico—podría conducir a un vasto derramamiento de sangre.

"Yo conozco a Oso Rojo". Cuando las cejas del capitán se elevaron, continué. "Negocia en la mercantil. Él y su comunidad no crearían problemas. Estoy segura de que son cautelosos".

Jugó con su sombrero. "No puedo demorarme. Por favor, dígale al Doctor James que estamos a tres millas al este de la ciudad. Con suerte, volverá pronto y nos podrá ayudar".

Se puso el sombrero y abrió la puerta. La nieve afuera era brillante y se volvió una silueta en la entrada.

"Capitán Archer", llamé.

Se giró para mirarme por encima del hombro. "Aunque claramente no soy el Doctor James, puedo recoger algunos suministros y ofrecer mi ayuda. Estoy bien versada en ayudar. Garrison Lee, mi cuñado, bueno, su rancho está en la misma dirección. Si hacemos una breve parada allí, quizás él también pueda ser de ayuda. Sé que es experto en manejar emergencias".

Mirándome cuidadosamente, permaneció callado por un momento. "Estamos cortos de manos y desesperados". Asintió. "Muy bien. Por favor, recoja todos los suministros médicos que pueda y esperaré afuera. Por favor, dese prisa".

La euforia me atravesó al ver la oportunidad de ayudar a otros. Puede que haya exagerado mis habilidades, pues no estaba "bien versada", pero era mejor que no tener ninguna asistencia médica en absoluto. Revolví el gabinete de la sala de examen, recogí una variedad de artículos—vendas, cuerdas, aguja e hilo, éter, tablas largas para posibles huesos rotos—y después de buscar mi bolsa de ropa de debajo de la cama, metí los artículos dentro. Me puse mi abrigo y otra ropa exterior, me encontré con el capitán y me quitó la bolsa. Me ofreció sus manos para darle un empujón al caballo extra que debe haber traído para Ethan.

Una vez acomodada, se volvió hacia mí. "Espero que pueda cabalgar".

Asentí una vez y estimulé mi cabello para que se moviera. "En efecto".

––––––––

ETHAN

NUNCA HABÍA CONSIDERADO mi profesión como un impedimento para mi vida hasta ahora. En menos de una semana, Margarita se había hecho cargo de cada parte de mi día y mi trabajo me pareció intrusivo para el tiempo que pasaba con ella. Mi vida se había puesto de cabeza...y me gustaba. No sólo estaba caliente mi cama y mi pene saciado todos los días—si no es que cada hora—sino que ella me había...completado. Anhelaba volver a casa y verla, hablar con ella, aprender más sobre ella. Sólo quería estar *con* ella. Debido a esto, estimulé a mi caballo para que se moviera un poco más rápido.

Cuando acomodé al animal en la caballeriza y puse mi maletín en su lugar habitual junto a la puerta, supe que no estaba en casa. Estaba demasiado tranquilo. Incluso si estuviera leyendo en silencio en el salón, su presencia sería obvia. La casa estaba tan vacía como siempre. No había estado así hasta hace poco y me sentí decepcionado. El sol se estaba poniendo y me preguntaba a dónde había ido. En lugar de quitarme la ropa exterior, me puse el sombrero y salí de nuevo a buscar a mi esposa.

"Se fue con un militar", me dijo el Sr. Anderson unos minutos después. Vivía en la casa de al lado. Tenía más de sesenta años y tenía la cabeza llena de cabello blanco. Dirigía un rancho al oeste de la ciudad hasta que su hijo lo sustituyó. Mudarse a la ciudad había sido lo que su esposa quería, así que compraron la casa pequeña de al lado. Había comido muchos domingos con ellos y me caían muy bien.

El Sr. Anderson había salido a su porche a barrer un poco de nieve y le pregunté por Margarita. No se aventuraba mucho a salir cuando hacía mucho frío debido al reumatismo, pero sabía que tenía mucho cuidado con las idas y venidas de la ciudad.

Sus palabras me hicieron girar lentamente para mirarlo, subir a su porche y unirme a él. "¿Un militar?" Repetí. El miedo me llenó el estómago.

El cabello del Sr. Anderson cayó sobre su frente mientras asintió. "Un capitán, creo, si mi memoria no me falla".

"¿Parecía...preocupada por su partida?" Mantuve el tono calmado, pero por dentro mis intestinos se agitaban. ¿Qué diablos hacía Margarita con alguien en servicio?

"¿Preocupada?" Se rascó la cabeza. "Tenía un caballo para que ella lo montara y fue muy caballero. La ayudó a levantarse, tomó su bolso".

"¿Se llevó su bolso?" Repetí como un loro. Me pasé la mano por la nuca. Tuve que ser cuidadoso, porque no era culpa del Sr. Anderson si Margarita estaba involucrada en algo...malo. No quería que se sintiera mal por no detenerla cuando tuvo la oportunidad. ¿Qué diablos hacía con un bolso? Si el hombre quería hacerle daño, seguramente no le permitiría llevar un bolso. Pero tampoco se iría voluntariamente con un extraño. ¿Conocía al hombre? Tuve la más breve idea de que me dejó por otro, pero ignoré esa idea inmediatamente. Después de la noche anterior, de ninguna manera había otro hombre en su vida. "Lo siento, Sr. Anderson, pero me gustaría encontrarla. Aunque no llevamos mucho tiempo casados, tiendo a preocuparme. ¿Por dónde se fueron?"

Señaló fuera de la ciudad. "Hacia el este y a un paso rápido también".

Le agradecí al hombre y corrí a la caballeriza para recuperar mi caballo. Recordé cuando los militares fueron a mi casa cuando yo tenía trece años. Georgia estaba en ruinas. Todos los hombres se habían ido a la guerra y la única protección que mi madre y mi hermana tenían era yo y era demasiado pequeño, demasiado débil para salvarlas. Me golpearon y no pude hacer nada para detener a los hombres. A pesar de que el hombre del que habló el Sr. Anderson parecía honorable, los hombres en Georgia no tuvieron honor. Lejos de eso. De hecho, todavía podía escuchar los gritos de mi madre y de mi hermana cuando la banda de hombres atacó ferozmente y luego las mataron. Me dejaron enterrarlas con la ayuda de otros vecinos, con el brazo roto y con un yeso.

Esto no era la guerra y Margarita no era del sur. Yo ya no era joven ni débil. Pero ese hecho no hizo nada para aliviar mis preocupaciones y estaba muriendo de miedo. ¿Y si este militar quería hacerle daño a Margarita? ¿Y si el mal me quitó algo otra vez? No estuve en la ciudad para protegerla, atendiendo a los niños Baker y sus paperas. Mi trabajo me había impedido cuidar de la única persona que me necesitaba. Era mi responsabilidad y la defraudaría. Me sentía impotente y completamente fuera de control y quería golpear una pared, patear algo, rasgar mi ropa con frustración. Mientras espoleaba a mi caballo hacia el este, me preguntaba—y temía—si perdería a otra persona que amaba.

11

MARGARITA

EN EL MOMENTO en que Garrison y yo llegamos al lugar de la emboscada con el Capitán Archer, otro hombre había muerto. Los otros que fueron heridos habían sido vendados en el campo, pero los suministros que empaqué fueron útiles para estabilizar las heridas. Un hombre necesitaba un poco de éter para que un hueso pudiera ser reajustado. Otro lo necesitaba para sacarle una bala del hombro. Como mis manos eran las más pequeñas, se me encomendó esa tarea. Garrison había ayudado a construir trineos de mantas y madera que podían ser arrastrados detrás de un caballo mientras yo limpiaba las heridas y cosía la carne desgarrada.

No tenía idea de cómo Ethan hacía esto. Día tras día se enfrentaba al lado más duro de la vida. Lesiones graves, enfermedades, quemaduras que desfiguraban, incluso heridas que ni siquiera podía tratar y tenía que ver morir a la persona. Todo fue desgarrador, estresante y agotador. La forma en que él mantenía esa fachada de normalidad estaba fuera de mi alcance. Quería llorar por los dos cuerpos de hombres que estaban vivos y enteros sólo unas horas antes. Quería calmar y quitar el dolor de los heridos. Quería regañar a los hombres que eran lo suficientemente despiadados como para infligir un daño tan insensato.

Se decidió que el grupo iría a la ciudad en lugar de continuar hasta Fort Dixon. La distancia estaba mucho más cerca y necesitaban más comida y refugio que regresar con su tropa. Con los últimos indicios de la luz del día iluminando las montañas lejanas, nos dirigimos hacia la ciudad lentamente. Un caballo y un jinete nos detuvieron en nuestro camino y los rifles salieron y estaban apuntados y listos. Aunque ya habían sido emboscados antes, los hombres estaban listos esta vez. Garrison y el Capitán Archer estaban a mis lados, el resto de las tropas delante de mí.

"¡Identifíquese!", gritó un hombre en cabeza.

"Doctor Ethan James". Su voz permaneció en la noche tranquila. El timbre profundo de su voz hizo que me diera escalofrío por mi espina dorsal.

"Doctor, soy Garrison Lee", exclamó. "Su esposa está conmigo, a salvo".

"Retírense", gritó el Capitán Archer y los rifles— aparte de aquellos vigilando—fueron retirados.

Miré a Garrison, cuyos hombros se relajaron. Me habló en voz baja. "Creo que tu esposo está aquí por ti. ¿Le dejaste una nota sobre tu paradero? Por la mirada en tu cara, supongo que eso es un no". Sacudió la cabeza y cerró los ojos brevemente. "Sé exactamente lo que está sintiendo ahora mismo y no es un buen presagio para ti".

Las tropas se separaron para permitir que Ethan cabalgara por las filas y se detuviera ante mí. El Capitán Archer se presentó.

Ethan miró a Garrison, luego al Capitán Archer y luego a mí. No giró la cabeza mientras hablaba. "Me enteré por mi vecino que un militar se llevó a mi esposa. Admito, Capitán, que tengo una aversión genuina y profundamente arraigada hacia los militares, pero estoy seguro de que mi esposa está a salvo y eso es todo lo que importa".

Su acento era grueso. Esta vez, no era por estar excitado.

"Suena como si estuviera muy lejos de casa. Supongo que sirvió a su país". Si el Capitán Archer estaba molesto por los sentimientos de Ethan, no lo hizo saber.

"Si se refiere a la Confederación, entonces tiene razón. Batallón 18º de Infantería de Georgia. Pero no luché por una causa. Luché porque me dio ropa y comida".

No sabía del pasado de Ethan, que sirvió durante la Guerra Civil. "Debes haber sido demasiado joven para pelear", dije, una vez que hice algunas matemáticas rápidas.

"Trece años".

Me quedé sin aliento. "¡Eras sólo un niño!"

Ladeó la cabeza y siguió mirándome fijamente. "Tu familia murió en un incendio, cariño. Mi familia murió en la guerra".

Sentí dolor por el niño que era, perdiendo a su familia a una edad tan impresionante. Yo tenía tres años y no tenía ningún recuerdo verdadero del mío. "¿Tu madre también?"

Ethan apretó la mandíbula. "Mi madre y mi hermana fueron asesinadas. Soldados que querían tomar más del Sur de lo requerido".

Su acento estaba más grueso que nunca.

Me salieron lágrimas de los ojos. Ahora sabía por qué Ethan necesitaba control. Se lo habían arrancado cuando era joven y desde entonces había intentado recuperarlo. Su profesión, tratar de salvar vidas, también tiene sentido. Le dio el poder, la capacidad de ayudar a la gente, para nunca más sentirse débil o indefenso.

Pero yo podría hacerle eso. Lo había hecho sentir así una y otra vez.

"Oh, Ethan", murmuré, una lágrima caliente deslizándose por mi mejilla. Había tenido un control tan despiadado sobre su vida hasta que llegué a ella. Le quité su elección para una esposa. Lo obligué a casarse para proteger mi virtud y su honor. Había hecho cosas precipitadas que amenazaban mi vida. La única manera en que había podido tomar el control de esos momentos era castigarme, con suerte a enseñarme a nunca más hacerlo. Pero hoy, sabiendo—incluso por muy poco tiempo—que yo estaba con un grupo de militares, prácticamente lo destruyó.

"Su servicio, Doctor, es impresionante", dijo el capitán Archer. "Yo estaba trepando árboles y molestando a las chicas a la misma edad. Esperaba pedirle ayuda con los heridos, pero su esposa y el Sr. Lee fueron excelentes sustitutos".

Aunque Ethan reconocía las palabras del hombre, sólo tenía ojos para mí. "En vista de que, como usted ha dicho, los heridos han sido atendidos, mi esposa y yo nos reuniremos con usted en la ciudad. Capitán Archer, Garrison, gracias por cuidar de mi esposa".

Garrison se quitó el sombrero, pero permaneció en silencio mientras cabalgaba hacia la oscuridad con el capitán.

La noche estaba tranquila pero el aire era amargo. Ethan tenía la mandíbula apretada y la espalda rígida. Bocanadas de aire espesas se escapaban de su boca al exhalar profundamente y observé cómo sus hombros se relajaban.

"¿De verdad estás bien?", preguntó.

Asentí y empecé a llorar de verdad. Cuando pude hablar, murmuré: "Sí, muy bien. Yo...no te dejé una nota. Tenía prisa y no pensé que te había hecho mucho daño. Lo siento, Ethan".

"¿Fuiste a buscar a Garrison para que te ayudara?"

Asentí mientras señalaba. "Su rancho estaba en camino y pensé que les vendría bien un hombre capaz aparte de mí". Me detuve, dejé que la quietud de la noche se estableciera a nuestro alrededor. "No sé cómo lo haces. Cuando el Capitán Archer llegó a la puerta, todo lo que quería era ayudar. No pensé en nada más que en atender a los heridos. Entonces la escena...fue horrible. Dos hombres murieron".

Me limpié las mejillas con las manos cubiertas por los guantes y me sorbí la nariz.

"A veces, no importa lo mucho que lo intentes, lo rápido que llegues a un accidente, a menudo es demasiado tarde". Su voz era plana, neutral como la de cualquier otra persona que había vivido antes una carnicería y tristeza así.

"¿Cómo manejas esa pena y dolor día tras día?"

Lo vi encogerse de hombros. "Me he acostumbrado al dolor".

Sentí como si el viento me hubiese golpeado. No quería que Ethan se *acostumbrara* al dolor. No quería añadirle más, sino llenarlo de alegría.

"Debemos sacarte del frío", murmuró. "Ven".

Giró su caballo y cabalgamos a la ciudad en silencio. Incluso después de tratar con la familia Baker, al encontrarme sin una nota, al enterarse de que me había ido por alguna misteriosa razón con alguien del Ejército, se preocupó por mi comodidad. No lo culpaba por nada de su enojo, miedo o frustración. No lo culpaba si quería castigarme hasta la primavera. Sólo quería aliviar su carga, ya que era invisible pero bastante pesada.

Tenía el impresionante poder de herir a Ethan de una manera que probablemente no había visto desde la Guerra Civil. Nunca había considerado que iba a tener tanta atención, mezclada con una familia tan grande. Con Ethan, tenía toda su atención. Yo era el centro de su atención. Incluso después de unos pocos días de matrimonio, yo era su mundo y estaba empezando a entender ese poder.

Eso era lo que tanto asustaba a Ethan. Eso fue lo que lo hizo cabalgar para enfrentarse a una banda de hombres del Ejército sólo para garantizar mi seguridad. Tenía la habilidad de darle un dolor inexorable que no podía controlar. Cuando entramos por la puerta principal de nuestra casa y me ayudó a quitarme el abrigo, había una cosa que podía hacer.

Podría devolverle su poder. No me pertenecía a mí, porque a pesar de que era suya, también lo era toda mi fuerza. Someterme a su dominio era lo suficientemente poderoso.

———

ETHAN

ENCONTRARME con el grupo de soldados abrió todo tipo de heridas mentales antiguas. Las vendaba una y otra vez y las consideraba curadas, pero un momento como este, cuando el pasado se repitió y Margarita pudo haber sido herida o asesinada, me hizo sangrar.

Cuando escuché la voz de Garrison a través de la oscuridad asegurándome que ella estaba bien, me sentí aliviado. El Capitán Archer parecía lo suficientemente dispuesto, especialmente una vez dada la razón de mis sentimientos intensos. Gracias a que mis servicios ya no eran necesarios, pude concentrarme en Margarita.

Ella estaba bien, entera y decididamente hermosa. También estaba angustiada, dándose cuenta de la magnitud de su descuido. No tenía duda de que se había olvidado de dejarme una nota en su apuro. Recordé los primeros días como médico, cuando el aumento de la frecuencia cardíaca y la intensa concentración que provocaba una emergencia hacían que caminara como si tuviera vendas. Una vez fui a operar en pijama, tan preocupado por el paciente que me olvidé de vestirme. En otra ocasión dejé mi maletín en una visita a domicilio.

A lo largo de los años, había atenuado esta intensa prisa y podía canalizarla y usarla a mi favor. Afortunadamente, Margarita tuvo suficiente previsión para conseguir el apoyo de Garrison, lo que me había tranquilizado enormemente. Sabía que él la habría protegido con su vida, al igual que yo lo habría hecho con Dalia o cualquiera de las Lenox.

Pero el miedo y la frustración se cocinaron a fuego lento, se detuvieron. Necesitaba una salida para esta...agresión visceral. Le quité el abrigo a Margarita y lo puse en el gancho al lado de la puerta. Cuando me quité el mío, la vi ponerse de rodillas. Me detuve en mis botones y fruncí el ceño.

"Castígame", susurró.

Mi corazón dio un brinco al verla frente a mí, por sus palabras. Como no dije nada, repitió las palabras.

"Castígame, Ethan. Lo necesito. *Tú* lo necesitas".

"¿Por qué, cariño?"

Intenté mantener la calma, pero todas las emociones de las últimas horas salieron a la luz. Ella tenía razón. *Necesitaba* castigarla.

"Por asustarte. Por hacerte perder el control. Ahora lo entiendo".

Mis cejas se elevaron. "¿Entiendes qué?"

"Que cuando exiges, cuando me presionas, me castigas...me dominas, es porque te preocupas. Con tus manos sobre mí, sabes que estoy a salvo, que estoy protegida y querida. Cuando me das un azote, es tu manera de aferrarte a mí".

Mi esposa era tan inteligente, tan intuitiva. Mientras yo reconocía sus necesidades, ella reconocía las mías. Extendiendo la mano, acaricié su cabello oscuro. "Dios, eres tan hermosa", murmuré.

Me miró y sonrió, sus manos agarrando mi antebrazo. "Por favor, Ethan".

"¿Por qué?", pregunté, mis dedos acariciando su mejilla fría. Su piel estaba rosácea por el viento.

"Es la única manera de que te tranquilices. Yo soy la

única que puede dártelo. Lo veo en ti, sé que necesitas una salida para ello".

Ella *era* la que podía dármelo. Aunque podía tratar a los pacientes y saber que les había ayudado con mis cuidados, eso no resolvía la inquietud que había dentro de mí. Sólo ella podía estar debajo de mi mano, debajo de mi cuerpo.

Moría por hacer lo que me pedía, por aliviar la tensión, la furia, la ira que estaba hirviendo dentro de mí. "No puedo ser amable".

Negó con la cabeza. "No. No quiero que seas amable. Necesito saber que puedo soltarme, entregarme a ti y que tú me cuidarás".

Sabiendo que ella no correría asustada por la intensidad de mi necesidad por ella, me quité el abrigo, la miré de nuevo, esta vez con ese borde duro que usaba sólo para ella.

Incliné la barbilla. "Ábreme los pantalones y sácame el pene".

Sus dedos se tambalearon ansiosamente para obedecer. Nunca había estado así, de rodillas ante mí, en una pose de verdadera sumisión. Dudaba que supiera que era muy excitante, pero lo sabría momentáneamente.

"Vas a chuparme el pene, cariño. Me vas a tomar en tu boca y me voy a venir".

Con la punta de su pulgar, limpió el fluido que se filtró de la punta. Estaba tan duro, tan cerca de venirme y ni siquiera había sentido la succión de su boca o el deslizamiento caliente de su lengua.

Tímidamente, lamió la cabeza ancha y luego me tomó a lo más profundo. Enterré mis dedos en su cabello, me agarré y empecé a moverla como quería. Ella sabía cómo hacerlo, deslizaba su lengua a lo largo de mí, y luego me tomaba a lo más profundo. Sus ojos oscuros estaban puestos en los míos, mirándome.

"Esto va a ser rápido. Prepárate para mi semen, cariño. Trágatelo".

Mis caderas se movieron por voluntad propia, ansioso por la liberación desesperada. Cuando me cubrió pelotas con una mano pequeña, me dejé llevar. Presioné dentro de ella, me puse tenso, silbando un aliento mientras mi placer me inundaba, disparando pulso tras pulso caliente.

Exhalé y me relajé, la aguda mordedura de mi necesidad inicial disminuyó. Cuando me salí, mi pene estaba resbaladizo y medio erecto, dudé que alguna vez se bajara por completo con Margarita cerca. Puse mi pulgar en la comisura de su boca, limpiando una pizca de semen que se había escapado.

"Ve al dormitorio. Te quiero desnuda y lista para tu castigo. Tienes dos minutos".

Después de que la ayudé a ponerse de pie, se volvió e hizo lo que le ordené sin dudarlo. Me tomé el tiempo para tranquilizarme, para reconocer que a pesar de que me había venido, la necesidad de dominar a Margarita no había cedido. Con la primera liberación fuera del camino, podría durar toda la noche, y tenía la intención de hacer precisamente eso.

Cuando entré al dormitorio, Margarita estaba en la cama a cuatro patas, con la cabeza hacia abajo y el culo hacia arriba. La suave luz de la linterna hizo que su piel brillara y me miró con la mejilla apretada contra la manta con algo parecido a amor. Su mirada se dirigió a mi pene, que sobresalía de la abertura de mis pantalones. Cuando vio la cuerda en mis manos, se transformó en miedo, pero fue rápidamente reemplazada por deseo.

"Nunca te haría daño", murmuré, desenrollando la cuerda.

"Lo sé".

Arrojándola a la cama, lo dejé caer cerca de su cabeza para que pudiera mirarla y preguntarse cuáles eran mis intenciones mientras me desnudaba.

Arrastrándome a la cama detrás de ella, tenía una vista encantadora de su trasero pálido y el tesoro entre: su agujero virgen y su vagina que estaba pegajoso por la excitación. A pesar de que estaba listo para follarla de nuevo, para jugar con su culo y estirarlo para poder follarla allí, necesitaba ser castigada primero.

"Dame tus manos".

Lentamente, las movió a sus espaldas. Agarrándola de las muñecas, usé la cuerda para atarlas, y luego comprobé que no estuviera muy apretado. Verla atada y en nuestra cama, desnuda y lista para cualquier cosa que le hiciera, ya fuera un azote o estirando su culo o follándola, me tranquilizó. Cuando mi mano cayó sobre la suave curva de su trasero y vi la huella de mi mano transformarse en un color rosa brillante, mi mundo se enderezó por sí solo. Cuando escuché su grito ahogado, luego observé como se suavizaba, todos sus músculos relajándose, supe que había encontrado una *paz* que sólo yo podía darle.

Ella era lo que me faltaba, lo que necesitaba. No estaba completo hasta que la encontré, hasta que me siguió. Ella era lo que había estado buscando toda mi vida, pero que nunca supe que necesitaba.

"Te amo, Margarita".

Me incliné hacia adelante y besé su columna vertebral mientras le daba un azote de nuevo.

12

MARGARITA

ESTABA BIEN ATRAPADA. No podía moverme porque mis manos estaban atadas a mi espalda e Ethan estaba encima de mí. Sabía que no podía hacer nada más que aceptar lo que él decidiera hacerme. Todavía saboreaba su semen en mi lengua y sabía que a pesar de que estaba de rodillas y me sometí a que me metiera su pene en la boca, él tenía menos control que yo.

Yo tuve el poder en ese momento y había disfrutado dándole el placer que anhelaba su cuerpo. Sus dedos se habían aferrado a mi cabello y estaba preparada para su liberación. Fue muy copioso y había trabajado para tragármelo todo, pero sabía que este era mi lugar, mi trabajo aliviar sus cargas, saber que estaba con él y a salvo y a su merced.

Azote.

Era esta dominación ahora, con él besando mi espalda, su mano golpeando mi trasero, lo que me hizo gritar, haciendo que mi vagina goteara de necesidad. Pero habían sido sus palabras las que tenían lágrimas deslizándose por mis mejillas.

Te amo.

Quería casarme por amor, pero no lo había previsto con Ethan. Casi lo obligué a casarse, pero en cuestión de días, se había enamorado de mí. Así como yo lo hice con él.

Éramos uno. Era como si hubiera habido una mitad de mí ahí fuera y me lo hubiera estado perdiendo. Cuando lo conocí en la mercantil, lo vi y anhelaba tenerlo, pero ahora lo sabía. Él era mío tanto como yo era suya.

Le di lo que necesitaba y recibí lo mismo a cambio. Necesitaba que me azotaran, para saber que este amor que él tenía por mí tenía un sentimiento tanto físico como emocional. Me recordaba su amor con cada golpe de su palma, del calor que salía a la superficie y construía mi excitación y necesidad.

"Sí, Ethan. Dios, yo también te amo".

"Bien", gruñó mientras hacía una pausa y frotó mi carne hormigueante suavemente. "¿Por qué estás siendo azotada, cariño?"

"Porque no te dejé una nota con mi paradero".

Azote.

"¿Por qué más?"

"Porque necesito tu atención. Necesito sentir tu amor. Necesito saber que te harás cargo de mí. Necesito dejarme llevar y dejarte darme lo que necesito. Te necesito a *ti*, Ethan".

"Demonios, sí", soltó, alineando su pene y deslizándose de un solo golpe.

"¡Ethan!", grité. Era tan grande, estaba tan duro, tan profundo.

"No hemos acabado con tus azotes, cariño. Prepárate, va a ser una montada rústica".

Sólo pude gemir cuando se salió y se enterró profundo mientras me azotaba.

"Te puedes venir, pero solo cuando yo te lo diga. Tu placer me pertenece".

Comenzó a follarme y rápidamente estaba al borde, mi piel pegajosa con sudor, mis dedos apretándose detrás de mi espalda.

"Ethan, yo...tengo que venirme".

Azote.

"¿Te sientes perdida? ¿Sin control?"

"¡Sí!", grité, tratando de mover mis caderas para tomarlo más profundo.

"Así es como me sentí cuando supe que te habías ido con el capitán. Estaba desesperado. Frenético".

Azote.

"No te pondrás en peligro, Margarita. Nunca. No lo puedo soportar".

"Ethan...te amo".

Azote.

"Dilo de nuevo", jadeó. Sus caderas chocaron contra mi trasero y pude escuchar su respiración entrecortada.

"Te amo".

Azote.

"Vente, cariño. Vente conmigo".

Con esas palabras, con su orden, me vine. Grité mi liberación, dejando ir mi ser, sabiendo que era Ethan quien me hacía sentir tan bien, que Ethan siempre lo haría, que me atraparía y me mantendría a salvo.

Rugió su propia liberación y lo sentí en mi interior, su esencia caliente.

Después de desatarme las manos, me puso de un lado y me acercó a él, como dos cucharas en un cajón. Mi piel estaba llena de sudor y sentí el latido frenético de su corazón, la elevación y el descenso de su pecho.

Tomó mis muñecas en sus manos y comprobó que aunque estaban rojas, no me había hecho daño.

"No hemos terminado, cariño", me susurró al oído. "Tenemos toda la noche".

"El resto de nuestras vidas", agregué.

Respiró contra mi cuello y me tiró fuertemente hacia él, cubriendo mis senos con su mano. Lo sentí relajarse, calmarse. Había calmado a la bestia en él.

"El resto de nuestras vidas", repitió, justo antes de colocarme de espaldas e inclinarse sobre mí, besándome con ternura al principio, pero muy pronto con su feroz e interminable necesidad.

¡RECIBE UN LIBRO GRATIS!

Únete a mi lista de correo electrónico para ser el primero en saber de las nuevas publicaciones, libros gratis, precios especiales y otros premios de la autora.

http://vanessavaleauthor.com/v/ed

ACERCA DE LA AUTORA

Vanessa Vale es la autora más cotizada de *USA Today*, con más de 60 libros y novelas románticas sensuales, incluyendo su popular serie romántica "Bridgewater" y otros romances que involucran chicos malos sin remordimientos, que no solo se enamoran, sino que lo hacen profundamente. Cuando no escribe, Vanessa saborea las locuras de criar dos niños y averiguando cuántos almuerzos se pueden preparar en una olla a presión. A pesar de no ser muy buena con las redes sociales como lo es con sus hijos, adora interactuar con sus lectores.

Facebook: https://www.facebook.com/vanessavaleauthor
Instagram:
https://www.instagram.com/vanessa_vale_author

9 781795 951708